Fais-Moi Peur

Concours Fièvre Rouge
Première Edition

Fais-Moi Peur

Concours Fièvre Rouge
Première Edition

Lominy Books voudrait remercier d'une façon spéciale:

Madame Edwidge Danticat
Madame Charlotte Howard
Monsieur Rosny Ladouceur
Madame Marlène Fièvre
Madame Carmita Aubry Fièvre
Madame Nathalie Fièvre-Bélizaire
Madame Jennifer Fièvre
Madame Patricia Fièvre-Kernizan

Imprimé aux Etats-Unis
www.fievrerouge.com

Cover Image: "Werewolf" © 2011 Megan Tidemann
(mirera.deviantart.com)
Cover Design: Charlotte Howard, CKH Design

JESSICA FIÈVRE

Michèle-Jessica (M.J.) Fièvre, détentrice d'une maîtrise en création littéraire, est la directrice de publication de *Sliver of Stone Magazine*, aux États-Unis. Romancière classée à plusieurs reprises au tableau des meilleures ventes de Livres en Folie, elle publie également des nouvelles en anglais dans diverses revues américaines, telles que *The Southeast Review*, *Saw Palm*, et *The Nervous Breakdown*. Sa nouvelle, La Chanson du Bouc, se trouve dans l'anthologie *Une journée haïtienne* (textes réunis par Thomas C. Spear. Montréal: Mémoire d'encrier / Paris: Présence africaine, 2007: 101-106.) et sa nouvelle, The Rainbow's End, fait partie de *Haiti Noir* (Akashic Books, 2011), collection éditée par Edwidge Danticat. Jessica Fièvre est l'une des romancières haïtiennes les plus prolifiques de son époque.

TABLE DES MATIÈRES

FAIS-MOI PEUR !

Comment stimuler efficacement l'intérêt des jeunes pour l'expression écrite et faire connaître ce que les adolescents expriment et racontent ? Lancer un concours ! La réalisation de ce projet a apporté, dans plusieurs écoles haïtiennes, une dimension stimulante au vécu pédagogique des classes de français. L'idée de participer à la production d'une oeuvre littéraire collective a dynamisé l'engagement de nos élèves face à leur apprentissage, tout en modifiant ou améliorant leurs rapports avec la lecture et l'écriture. La création de cette situation motivante a donné un sens aux activités favorisant le développement des habiletés à communiquer.

Je mets de l'écrit dans tous les recoins de mon existence. Lorsque j'ai écrit mon premier roman, j'avais à peine 13 ans. A l'époque, je gardais sous mon oreiller un petit carnet qui me permettait à la moindre insomnie de noter, de griffonner, de saisir de la matière à écrire dans la journée. J'avais déjà cet amour du papier, du stylo, du texte. L'écriture, pour moi, était éminemment intime, mais je percevais bien l'ambiguïté du désir qui me titillait : être lue aussi. Il y avait pour moi un lien entre le manque de confiance en soi, le doute, qui venait se nicher dans l'acte d'écrire, et le besoin d'un regard extérieur.

J'ai confié mes textes à ma soeur Patricia, à ma tante Marlène Fièvre, et ensuite à mon prof de français, Yannick Legros… juste pour voir. Elles m'ont encouragée. J'ai aimé leur regard et cette sorte de permission d'écrire. A 16 ans, j'ai publié *Le Feu de la Vengeance*.

Quelle surprise lorsque Gary Victor est arrivé à ma vente-signature ! Je n'oublierai jamais le sentiment de validation et de fierté que cela m'a apporté. Quelques semaines plus tard, je rencontrais Margaret Papillon qui, elle aussi, me prenait au sérieux, me donnant des conseils. Deux grands piliers de la littérature haïtienne contemporaine me prêtaient une oreille attentive ! Je me suis alors promis d'aider de jeunes auteurs à mon tour.

En collaboration avec la maison d'édition Lominy Books, j'ai donc lancé un appel à propositions de nouvelles pour un livre collectif. La première édition de ce concours d'écriture ouvert au polar, au fantastique ou à la science fiction, visait à stimuler l'intérêt des jeunes auteurs à l'écriture.

A Lominy Books, nous aimons les multiples possibilités qu'offrent les formats d'écriture brève (la nouvelle, le mini roman, la poésie). Nous nous intéressons aux textes courts – textes qui osent, qui bousculent, qui touchent… Dans toutes les écoles, des jeunes écrivent et, jour après jour, sont en marche vers la maîtrise d'eux-mêmes. Lominy Books désire valoriser leur réussite et leurs efforts. Adolescente, j'ai eu la chance de participer à la deuxième édition du Concours Jacques Stephen Alexis de la nouvelle. Quelle excitation! L'idée qu'un de mes textes allait habiter les pages d'un livre m'apportait beaucoup d'émotions. Écrire, c'est communiquer, c'est entrer dans la magie des mots. Publier, c'est avoir le privilège d'élargir le champ de notre communication.

Pourquoi le choix de la thématique « Fais-moi peur » ? Parce que j'aime les genres de l'épouvante et du fantastique. Enfant, je me réveillais pendant la nuit et je prenais une lampe de poche pour lire les livres Chair de Poule, de Stephen King et d'Alfred Hitchcock – des aventures qui me faisaient rêver à d'autres mondes mystérieux, des territoires du crépuscule interdits aux êtres humains… Là où les créatures de l'ombre attendent leur retour dans notre dimension.

La plupart de mes romans relèvent du merveilleux : *Le Feu de la Vengeance*, *La Bête*, *Thalassophobie*, *Les Hommes en Rouge*… J'aime ces histoires, ces interdits, ces rites de passage et je reste accrochée à cet univers, cet imaginaire où rôdent des ombres mystérieuses et fantasmatiques, où planent des ambiances surréalistes... où naît le doute entre la réalité et l'ailleurs.

Bonne lecture !

Jessica Fièvre
Editrice

AU REGARD
DE TOUTES LES PEURS
Steeve Dolnay

A la mort de leur unique enfant, Monsieur et Madame Timoléus avaient perdu la foi en Dieu. Dans ce quartier huppé de la capitale où les riverains se disaient intellectuels et chrétiens, chacun trouvait une raison pour montrer du doigt le voisin. Les circonstances entourant la mort de la petite Loïka, âgée seulement de neuf mois, demeuraient un mystère même aux yeux des médecins les plus réputés : ce bébé, resplendissant de santé, avait rendu l'âme dans un éclat de rire qui stigmatisait encore son adorable petit visage.

Les pleurs n'auraient pu noyer le chagrin de cette jeune famille. De toute façon, aux funérailles, pas une seule larme ne coula. Jamais on n'avait assisté à un tel paradoxe : tristesse profonde suscitant hilarité intense à un moment si éprouvant ! Le corps pastoral, dépassé par les évènements, abrégea les obsèques, car à chaque fois que quelqu'un se recueillait devant le cercueil de Loïka, une euphorie sans nom le secouait irrésistiblement et devenait irrémédiablement contagieuse. Nul dans l'assistance n'échappait à ce mal, surnommé par la suite : la joie du diable.

Dans la plus lointaine des traditions humaines, les amis les plus proches se réunissent autour de la famille du défunt et partagent un bouillon après l'enterrement. Monsieur et Madame Timoléus, cependant, se retrouvèrent seuls, dans une maison où tout était au rendez-vous sauf, bien sûr, le réconfort. Personne ne trouva la force d'affronter leur regard après s'être tordu de rire aux funérailles de la petite Loïka. Abandonnés de tous, éprouvés par le chagrin, Monsieur et Madame Timoléus cherchaient un nom, celui du responsable de leur malheur.

« Qui accuser d'un tel crime ? se demandait Madame Timoléus en référence à la cause surnaturelle du décès. »

Monsieur Timoléus, effondré dans son fauteuil, re-visionnait les pages de l'album photo de Loïka, s'imprégnant insatiablement des bouts d'instants fugaces afin que le temps ne lui dérobe l'éternité de ces moments.

Vers minuit, on sonna à la porte.

Monsieur Timoléus, insomniaque depuis le drame, se porta immédiatement à l'entrée. Il hésitait quelques secondes à ouvrir, car de la fenêtre peu de détails lui dévoilaient l'identité de son visiteur tardif. Il reconnut cependant le médaillon distinctif du plus vieux des fossoyeurs, un genre de décoration militaire distinguant les hommes d'honneur.

« En quoi puis-je vous être utile à cette heure ? lui lança Monsieur Timoléus, la porte entr'ouverte.

— Bonsoir, Monsieur. J'ai eu beaucoup de mal à vous retrouver, souligna le vieil homme, apparemment gêné.

— Ça n'a pas été si difficile puisque vous êtes là, rétorqua Monsieur Timoléus.

— Je comprends votre attitude, mais la raison qui m'amène mérite que vous vous asseyiez. Je risque peut-être ma vie, mais mon âme ne connaîtra point de repos si je ne vous raconte ce qui la tourmente. »

Ces mots résonnèrent comme un coup de tonnerre dans le cœur de Monsieur Timoléus. Certes, il avait passé la journée à haïr tous les êtres humains mais l'attitude du fossoyeur était louable. Madame Timoléus, inquiète du retard de son mari, le rejoignit au moment où ce dernier invitait le vieil homme à entrer. Les trois prirent place au salon ; l'hôte des Timoléus insista pour rester debout, dans le noir. Il ne voulait guère être vu des voisins ni abimer les meubles, ses vêtements étant couverts de boue.

« Dans ma profession nous voyons et entendons beaucoup de choses bizarres, commença-t-il. Le silence fait parfois de nous les complices du mal.

— Monsieur, ma femme et moi avions eu une dure journée. Venez-en au fait, s'impatienta Monsieur Timoléus.

— Votre fille a faim.

— Quoi ? clamèrent d'une seule voix les époux Timoléus.

— Oui… Aussi invraisemblable que cela puisse vous paraître, votre fille n'arrête pas de pleurer depuis des heures. Je lui ai donné de l'eau sucrée mais ça ne lui suffit pas ; elle suce son auriculaire et continue à crier. »

Monsieur Timoléus, en entendant de telles absurdités, aurait pu sortir de ses gonds, mais le dernier détail retint son attention. Seuls lui et sa femme savaient que Loïka tétait son auriculaire quand elle avait très faim. Les Timoléus se retrouvaient face à l'une de ces histoires sans référence qui, depuis la nuit des temps, s'enracinent dans la culture haïtienne.

« Que devons-nous faire ? murmura Madame Timoléus.

— Préparez du lait dans un biberon. Je me chargerai du reste, ajouta le fossoyeur.

— Non, Monsieur, protesta Madame Timoléus. Il en va de ma responsabilité de mère de nourrir ma fille. D'ailleurs, Loïka est sous allaitement total. »

Il est imprudent de s'aventurer la nuit dans un cimetière. Enivré du silence de ceux qui le peuplent, on risque d'y rencontrer les plus folles terreurs. Mais les Timoléus n'avaient plus rien à perdre. En peu de temps ils avaient appris que la vie recèle de ces secrets dont la clé n'est réservée qu'à de rares privilégiés.

Dans les obscurs couloirs serpentant les tombes, ils avancèrent, le cœur battant, l'âme troublée. Un cri fébrile, venu de nulle part, s'intensifiait à mesure qu'ils s'enfonçaient. Bientôt, un reflet : ils touchaient au but. A quelques pas, des bougies de toutes les couleurs éclairaient un sépulcre, des ombres difformes s'animaient et tournoyaient en chevauchant la nuit. L'odeur de la peinture fraîche se mêlait aux senteurs de roses et de lilas ornant le tombeau de la toute jeune défunte.

Les Timoléus se serraient très fort la main. Le vieil homme leur fit contourner le caveau ; il débloqua le couvercle et un trou profond apparut. Il y plongea et, en moins de deux minutes, en ressortit avec la petite blottie contre lui. Loïka bougeait dans sa jolie robe blanche bordée de dentelle bleue, achetée pour l'occasion.

« O, mon bébé ! Mon joli bébé ! murmura Madame Timoléus. »

Monsieur Timoléus, derrière son masque de douleur, demeura impassible, se contentant d'observer. Le fossoyeur tendit Loïka à sa maman qui l'accueillit avec tout l'amour d'une mère et commença à l'allaiter. La bouche de Loïka était glacée, ses mains également. Sa mère, comme à l'accoutumée, la caressait, tandis que le souffle froid de l'enfant lui effleurait les seins. Au bout d'un instant, la faim de la petite s'apaisa. Madame Timoléus sentit la vie s'échapper peu à peu de Loïka, comme le soir où elle les avait quittés. L'inertie regagna ses membres, la rigidité cadavérique l'emporta ; elle était morte de nouveau.

Le fossoyeur eut beaucoup de mal à la recoucher dans son cercueil tant les parents en étaient bouleversés. Qu'allait-elle devenir ? Aurait-t-elle encore faim ? Ces questions demeurèrent sans réponse. Madame Timoléus ne pouvait se résoudre à partir ; elle se disait que Loïka se réveillerait sous peu. Impuissant, son mari continuait à se taire.

Le fossoyeur leur recommanda de ne raconter cette mésaventure à quiconque. Ils feraient mieux de tout oublier, de se reconstruire une nouvelle vie, car Loïka appartenait désormais au séjour des morts. Monsieur et Madame Timoléus quittèrent le cimetière au petit matin, frustrés d'y laisser l'essence de leur être.

Au début, l'idée de vengeance habita Monsieur Timoléus.

« A quoi bon ? dit sa femme. »

Après tout, se venger ne leur rendrait pas Loïka.

Ensuite, le désir de ramener sa fille hanta le père si fort qu'il passa des journées entières au cimetière. Il y restait même certaines nuits— notant tout ce qu'il entendait ou voyait ; s'assurant que ce n'était qu'une question de temps. Bientôt, il devint une partie du décor. Ses vêtements s'usaient à force d'exposition au soleil, et à la poussière. Sa ténacité se vivifiait au refrain qu'il répétait matin et soir :

« Elle sera de retour à la maison. »

Par une journée de fin d'octobre, alors qu'une violente tempête martelait la ville, Monsieur Timoléus se rendit au cimetière pour protéger les fleurs plantées la veille autour de la tombe de sa fille. L'endroit était vide, l'eau lui montait aux jambes. Armé de petites pierres, il essayait de renforcer les plantules quand une main toute vieille, surgissant de nulle part, lui tendit une grosse pierre. Il l'accepta distraitement, sans pour autant identifier le personnage. Concentré sur sa besogne, il sursauta à un chuintement confidentiel :

« Il existe un passage ; bon nombre de gens l'ont déjà emprunté. »

La voix nasillarde ébranla l'assurance de Monsieur Timoléus. Un vibrant court-circuit le traversa, du bout des orteils à la pointe des cheveux. Il n'osa bouger. Ses jambes devenaient moites, ses yeux bouillonnaient, et son souffle ne tenait qu'à un fil. La peur le paralysait.

« Comment puis-je le trouver ? finit-il par murmurer. »

Là furent les seuls mots que sa langue devenue toute pesante puisse prononcer.

« A la nuit des Guédés la frontière entre la vie et la mort s'amincit. Les vivants comme les trépassés se faufilent à travers de multiples brèches. Il te suffira d'asperger le cercueil de ta fille avec ce liquide et une brèche se présentera à toi. Tu n'auras rien à payer. Ne t'inquiète pas. Tu diras tout simplement au maître des lieux que la veuve vierge a tenu sa promesse. Ce sera tout.

— Comment savoir si tu dis vrai ?

— Lève-toi. Regarde-moi droit dans les yeux ; tu y liras toutes les réponses. »

Monsieur Timoléus se doutait bien de l'efficacité de ces soi-disant réponses ; il osa pourtant affronter le regard de son interlocuteur. Un voile blanc obstruait aux trois-quarts la face de ce dernier. De la partie non couverte, on distinguait un pan décharné où des dents à ciel ouvert servaient d'abri à une multitude de vers de terre lorgnant le sang, débordant de deux trous noirs, à la manière du néant aspirant la force vitale du monde. Monsieur Timoléus perdit connaissance.

A son réveil, ses doigts se resserraient autour de la fameuse bouteille. Il rentra chez lui mais ne dit mot à sa femme de sa mésaventure. Mettant la bouteille à l'abri des regards, il ne changea rien à ses habitudes. Deux jours avant la fête des morts, comme à l'accoutumée, il prenait soin de la tombe de sa fille attendant sans trop se l'avouer, l'ouverture de la brèche libératrice.

Si la nuit des Guédés représente pour certains un hommage aux disparus, pour d'autres c'est la nuit de toutes les espérances. Monsieur Timoléus ne savait pas ce qui l'attendait. Courageusement, il décida d'affronter le mystère jusqu'ici très jalousement gardé. Il contourna la tombe, et se faufila dans le trou indiqué par le fossoyeur, le soir où tout avait commencé.

Quand il sortit de sa poche la bouteille, elle devint étincelante. Sans plus tarder, il renversa son contenu sur le cercueil.

Brusquement, venu de l'intérieur, un grondement saccada si fort le sarcophage que la porte s'ouvrit d'elle-même. Monsieur Timoléus plaçait ses mains en avant quand une lumière l'aveugla. Transporté au séjour des morts, il sentit le vide sous ses pieds mais continua à se déplacer. Les ténèbres l'enveloppaient, des gémissements et des rires moqueurs le traversaient. Leur vibration au passage lui déchirait les entrailles et le froid gagna rapidement ses os.

Une solitude grandissante avoisinant la déprime s'emparait de son âme. Il devait repartir vite sinon il se dessécherait de l'intérieur. Tout ce qu'on lui avait appris de la mort était loin de cette vérité. A l'autre bout, la lumière blanche s'éloignait dès qu'il s'en approchait. Au-dessus de lui, il contempla une myriade de points lumineux qui se mouvaient sans arrêt : le monde des vivants. Y reviendrait-il jamais ?

« Ma demeure te plaît-t-elle ? Si tu le souhaites, tu pourrais y rester. Qu'est ce qui te retient en haut ? »

La Mort connaissait les pensées les plus profondes de Monsieur Timoléus avant même que son esprit ne les formule.

« Qui es-tu ?

– N'es tu pas venu pour me voir ? Tu viens de perdre cinq ans de vie. A chaque question ce sera le prix à payer.

– Combien d'années me reste-t-il à vivre ? questionna Monsieur Timoléus.

– Aussi longtemps que ta santé te le permettra, rétorqua la Mort. Attention, tu m'en donnes déjà dix. »

Chaque réponse amenait à une nouvelle question. Monsieur Timoléus, sentant le piège dans lequel il s'enfonçait, pesa désormais ses mots.

« Ce que tu cherches m'appartient, dit la Mort. Si tu me le demandais je te le donnerais.

– Tu me le donneras sans que je ne te le demande, vu que je t'offrirai ce que tu veux en échange.

– Qu'as-tu à m'offrir que je ne possède déjà ?

– Que veux-tu donc ? demanda Timoléus, baissant la garde.

– Que tu me trouves des âmes errantes comme la veuve vierge l'a fait pour toi. Ton compte est à quinze ans désormais. »

Monsieur Timoléus avait plein de questions mais les gardait pour lui ; il craignait de ne plus avoir d'années à céder. D'un signe de la tête, il acquiesça à la proposition de la Mort. Cette dernière lui rendit Loïka comme convenu. Refoulant ses larmes, le père étreignit la petite avec force. Sa Loïka si douce, si belle, si innocente, si fragile.

Avant de partir, la Mort lui imposa une dernière condition comme pour parachever le pacte.

« Tous les mois, à la pleine lune, la petite, vêtue de blanc, sera laissée seule dans une pièce toute la nuit. Personne ne devra la déranger. »

Au point où il en était, accepter était la seule option envisageable. Monsieur Timoléus repartit avec son enfant.

Mais le prix à payer était-il trop élevé ?

Les Timoléus déménagèrent le soir même, sans laisser de traces. Comment expliquer aux voisins et connaissances le retour de Loïka ? Madame Timoléus, dans son euphorie, n'interrogea point son mari sur le comment d'un tel miracle. Elle avait retrouvé sa fille : c'est tout ce qui comptait.

Dans les jours qui suivirent la résurrection de Loïka, le bonheur reprit sa place au sein de cette famille. Madame Timoléus profitait au maximum des retrouvailles et bien qu'elle ne puisse partager son bonheur avec ses amis, elle ne s'en plaignait guère. La présence de sa fille comblait toutes les attentes. Monsieur Timoléus envisageait même de reprendre ses activités de commerçant jusqu'au soir, où, il rêva que volontairement il jetait Loïka au milieu de l'océan. Il comprit que c'était un avertissement, vu qu'il n'avait fourni aucune âme depuis le soir du pacte.

Au matin, il partit au cimetière le plus proche de sa nouvelle ville d'accueil. Cette fois-ci il ne cherchait pas à faire revenir sa fille mais plutôt à la faire rester. Trouver des âmes errantes n'était pas tâche facile ; il fouina de longues heures dans les couloirs de béton, se glissant entre deux enterrements. Le malheur des autres devenait son territoire de chasse. Petit-à-petit, sa part d'humanité s'effritait.

Le temps n'avait guère suspendu sa marche : Monsieur Timoléus cherchait encore et encore, hélas… la pleine lune arriva. Loïka était vêtue pour la circonstance selon les recommandations du Maître. Monsieur Timoléus ferma la porte à double tour et garda la clé dans sa poche afin de dissuader toute tentative dérangeante de sa femme. De l'autre côté, Madame Timoléus ne pouvait contenir son angoisse. C'était la première nuit où sa fille resterait seule, son mari avait tellement insisté. Elle était inquiète. Un souci plus sérieux taraudait Monsieur Timoléus qui, jusqu'ici, selon le pacte établi, n'avait encore trouvé aucune âme errante. Qu'allait-il se passer ?

Au douzième coup de minuit, les cris de Loïka déchirèrent les entrailles du silence. La maison toute entière était couverte de brume. Les époux Timoléus avaient du mal à respirer ; la pièce se rapetissait. Le plafond, le plancher, les murs, de façon inexplicable, paraissaient les écraser contre le lit. Vers deux heures du matin, Madame Timoléus se redressa, se sentant observée par des milliers de regards non identifiables. Son mari dormait ; elle en profita pour récupérer la clé. Elle alluma une lampe pour dissiper sa frayeur.

L'envie de prendre Loïka dans ses bras la tenaillait depuis un moment. Elle renonça à cette impulsion, respectant trop son mari pour oser lui désobéir. Elle se retourna en direction de Monsieur Timoléus pour lui caresser la tête et constata à sa plus grande frayeur que son mari dont les contours de la tête étaient encore évidents, n'avait plus de visage. Effrayée, Madame Timoléus, partit en courant à la chambre de Loïka. De ses mains tremblantes, elle tourna la serrure. Des bruits de pas arrivant dans sa direction immobilisèrent son geste de s'emparer de l'enfant pour s'enfuir avec elle. Perdant l'équilibre, elle glissa et tomba face contre terre devant le lit. Des petites mains lui caressèrent les cheveux et le cou ; c'était Loïka. Madame Timoléus avait reconnu son odeur. Mais au fur et à mesure, la petite fille perdit sa fragilité et ses mains devinrent rugueuses, de véritables griffes empoignant, s'enfonçant, blessant à souhait. Les derniers souvenirs de Madame Timoléus furent ceux, où cette chose venue des ténèbres lui dépeçait les membres.

Quelques jours plus tard, une odeur nauséabonde empestant le quartier, les voisins alertèrent la police qui découvrit ce qui restait de cette pauvre femme. Le mari et l'enfant avaient tous deux disparu. Aujourd'hui encore, certains affirment avoir remarqué, les soirs de la pleine lune, un homme berçant une petite fille, sillonner les rues à la recherche d'une âme errante. Cette histoire devint un mythe puis une légende que tout un chacun se plut à raconter. Une tragédie traduisant la vie au regard de toutes les peurs.

BABY DOLL

Christophe Sémont

Elle saisit le morceau de tissu qu'elle avait cousu la veille et commença à le remplir de paille et de mousse séchée, jusqu'à ce qu'il prenne la forme d'une petite poupée. A l'aide d'un feutre noir, elle dessina les yeux, la bouche, le cœur et les organes génitaux. Le résultat lui parut acceptable. Elle prit un petit morceau de papier sur lequel elle écrivit un nom, un prénom et une date de naissance. *Émilie Coubay, 31 octobre 1980*. Elle plia soigneusement le papier qu'elle glissa dans le ventre de la poupée.

Émilie appuya sur le bouton du sixième étage et attendit que les portes de l'ascenseur se referment. Elle était tellement occupée à repenser aux évènements de la journée qu'elle ne remarqua tout d'abord rien d'anormal. Ce n'est qu'au deuxième étage qu'elle perçut l'odeur. Une odeur de putréfaction rendue encore plus pesante par la chaleur ambiante. Machinalement, elle examina les semelles de ses chaussures et regarda autour d'elle. Elle nota avec agacement l'urgence de téléphoner au syndic de l'immeuble, le lendemain. Ce devait être un animal quelconque qui était venu mourir dans la cage de l'ascenseur et qui se décomposait lentement. Avec cette foutue chaleur, cela allait vite devenir insupportable.

Le bouton du sixième s'éclaira et les portes s'ouvrirent avec un léger chuintement. Elle quitta l'espace confiné de l'ascenseur avec soulagement et se dirigea vers son appartement. Dès qu'elle ouvrit la porte, elle goûta avec plaisir la fraîcheur qui régnait dans le salon. Elle se débarrassa de ses escarpins et s'affala dans son fauteuil préféré. Encore une journée bouclée.

Cela faisait presque dix mois qu'elle avait décroché ce poste de secrétaire dans une importante société de cosmétique. Le travail lui plaisait, son salaire était plus que correct et l'ambiance plutôt bonne. Tout aurait été pour le mieux s'il n'y avait eu Delhia. Cette dernière, assistante de direction, régnait en véritable despote sur les secrétaires, les stagiaires, tous ceux qui, dans sa sphère d'influence, occupaient un poste subalterne ou avait le malheur d'être tout simplement une femme.

Dès le début, Delhia et elle s'étaient mutuellement détestées. Émilie n'était pas du genre à se laisser faire et, contrairement à ses collègues, elle avait refusé de se plier. Après tout ce temps, elle ne s'expliquait d'ailleurs toujours pas par quel sortilège cette femme, par ailleurs quelconque, parvenait à faire régner un tel climat de terreur au sein de l'entreprise. Depuis leur première confrontation à propos d'une sombre histoire de photocopies, il s'en était suivi toute une série de brimades et de petites vexations qui faisait de son quotidien un véritable sport de combat. Mais le summum avait été atteint ce matin à la pause-café. Elle discutait tranquillement avec Clara et Anne autour de la machine à café quand elle avait senti une brûlure au niveau de son cuir chevelu. En se retournant, elle s'était retrouvée nez à nez avec Delhia qui venait de lui arracher une mèche de cheveux. Elle lui expliqua calmement qu'elle avait remarqué quelques cheveux blancs et qu'elle les lui avait enlevés pour qu'il n'en repousse pas d'autres. Émilie avait pris sur elle pour ne pas la gifler et lui envoyer son café au visage. Cela lui aurait sans nul doute coûté son poste, et ce travail elle en avait besoin. Mais sa vengeance était déjà en marche.

Delhia ouvrit une petite boîte en métal et en sortit une fine mèche de cheveux blonds. Pas plus d'une dizaine de cheveux, mais cela suffirait. Elle reproduisait ainsi les gestes que sa grand-mère lui avait enseignés des années auparavant, et qu'elle n'avait jamais oubliés. Sa grand-mère à qui elle devait tout, qui l'avait élevée lorsque sa mère l'avait abandonnée pour un amant de passage. Qui l'avait initiée aux secrets du vaudou à l'âge de treize ans, alors qu'elle venait d'avoir ses premières règles et qu'elle devenait une femme.

L'espace d'un instant, elle se remémora ces instants vécus sur l'île où elle était née. Sa grand-mère était une mambo puissante et respectée à Saint Louis de Marie Galante, et jusqu'à sa mort, elle n'avait cessé de lui transmettre cet héritage ancestral. Quand elle rendit le dernier souffle, Delhia venait d'entamer sa seizième année. Plus rien ne la retenait sur l'île. Elle avait rassemblé ses économies et acheté un billet d'avion pour la France. Ce fut alors le début de longues années de travail éreintant et de brimades. Mais jamais elle n'avait baissé les bras. Au bout de deux ans de petits boulots mal payés, elle avait réussi à décrocher un poste de secrétaire remplaçante dans la société où elle travaillait encore vingt ans plus tard. Elle avait gravi les échelons patiemment, à force de courage et de persévérance. Et aujourd'hui, elle n'était rien moins que l'assistante personnelle du directeur. Elle ne put s'empêcher de sourire en se remémorant le chemin parcouru.

Alors que sa première envie en rentrant chez elle avait été de prendre une douche bien froide,

Émilie penchait à présent pour un bon bain chaud. La fraîcheur de son appartement s'était peu à peu transformée en un froid glacial et elle en était venue à frissonner dans sa robe légère. Comment pouvait-il faire aussi froid alors que les rues étaient écrasées de chaleur ? Elle ne se sentait pourtant pas malade. Elle poussa les fenêtres en grand et laissa le soleil couchant réchauffer les pièces de ses derniers rayons.

En ouvrant le réfrigérateur, elle constata avec dépit qu'il était presque vide. Elle soupira. Tant pis pour ce soir, elle n'avait pas le courage de ressortir faire les courses. Elle fit l'inventaire de ce qu'il lui restait. Une demi-salade, des tomates, une tranche de jambon, un yaourt. C'était suffisant pour un dîner léger. Elle se prépara une salade composée, alluma la radio et s'installa comme d'habitude à sa table de cuisine. Et comme tous les soirs, elle s'abandonna à ses pensées qui revenaient invariablement à son travail.

Delhia avait un point faible et il se prénommait Jean Marc. Le beau Jean Marc, cadre commercial d'une quarantaine d'années, récemment divorcé et qui faisait battre un cœur que tout le monde pensait incapable d'éprouver le moindre sentiment. Elle avait eu du mal à imaginer cette femme froide engoncée dans ses tailleurs austères capable du moindre sentiment amoureux. Et pourtant, en l'observant à la dérobée, elle avait dû se rendre à l'évidence. A chaque fois qu'il passait devant son bureau ou qu'elle le croisait dans la salle café, son attitude changeait imperceptiblement. Elle devenait fébrile comme une jeune fille pré-pubère, rougissait pour un rien et essayait continuellement d'attirer son attention, de façon aussi maladroite qu'inutile d'ailleurs. Car elle semblait être aussi transparente pour lui que les vitres de son bureau. Intriguée, Émilie s'était alors renseignée sur ce fameux Jean Marc. Il avait une réputation de séducteur, ce qui lui avait coûté son mariage. Elle avait alors imaginé une opportunité unique de prendre sa revanche.

Très vite, elle s'était arrangée pour qu'il la remarque, et elle avait commencé à flirter avec lui. Elle était jeune, jolie, décomplexée. L'exacte opposée de Delhia. Et elle plaisait aux hommes, elle le savait. Il lui avait fallu juste une semaine pour qu'il l'invite à dîner dans un restaurant chic mais discret. La soirée s'était merveilleusement déroulée, Jean Marc étant un homme d'esprit, séduisant et cultivé. De son côté, elle avait mis tout en œuvre pour le séduire. A la fin du repas, il lui avait proposé d'aller boire un verre dans un endroit tranquille mais elle avait poliment décliné l'invitation. Elle voulait faire durer le plaisir et être sûre de ferrer sa proie. Elle l'avait laissé mariner une semaine avant de l'inviter à une soirée en tête à tête chez elle. Le dîner était prévu pour samedi soir, ce qui lui laissait trois jours pour tout organiser. Entre temps, elle avait eu soin de répandre la nouvelle et de s'assurer qu'elle parvienne jusqu'aux oreilles de Delhia. La rage qui se lisait dans le regard de cette dernière aurait suffi à justifier tous ses efforts. Mais Émilie ne comptait pas en rester là. Ce n'était que le début des hostilités.

Delhia déposa soigneusement les cheveux dans le ventre de la poupée, cousit le tout et l'étala sur le sol, entre deux bougies de cire noire. Elle gratta une allumette et enflamma un peu d'encens de cèdre qui dégagea une épaisse fumée odorante. Elle passa la poupée trois fois au-dessus des bougies comme l'exigeait le rituel du baptême. Puis, à l'aide d'une aiguille, elle fit jaillir une goutte de sang au bout de son index et traça une croix sur le front de la poupée en prononçant à trois reprises la phrase requise. *Tu es Émilie Coubay. Tu es Émilie Coubay. Tu es Émilie Coubay.*

En mâchant distraitement sa salade, Émilie se demandait ce qu'elle pourrait bien préparer pour le dîner de samedi. Tout en sachant que l'enjeu principal de la soirée ne serait sûrement pas le repas. Elle sourit à cette pensée.

Elle s'apprêtait à avaler une dernière bouchée quand elle s'arrêta brusquement, la fourchette à quelques centimètres de sa bouche. Au milieu des feuilles de laitue se tortillait un gros ver blanc, semblable à ceux qui se nourrissaient des cadavres d'animaux en décomposition. Avec une grimace de dégoût, elle jeta sa fourchette et se leva précipitamment de table. Elle étouffa un hoquet et courut dans la salle de bain se rincer la bouche. Elle fit un effort pour ne pas vomir et se força à retourner dans la cuisine. Le ver était toujours là, se faufilant entre deux feuilles de salade. Elle saisit l'assiette du bout des doigts et la vida dans la poubelle, renonçant à comprendre comment ce ver avait bien pu se retrouver là.

Il était trop tard pour prendre une douche et d'ailleurs elle n'avait envie que d'une chose, aller dormir. La température était toujours anormalement basse malgré la chaleur du soir, et pour ne rien arranger l'odeur de pourriture qui émanait de l'ascenseur semblait à présent envahir l'intérieur de son appartement. Décidément, il y avait des soirs où tout allait de travers.

Avec d'infinies précautions, Delhia reposa la poupée sur le sol et s'efforça de visualiser mentalement celle qu'elle allait soumettre à son emprise. Il ne lui fallut pas beaucoup d'effort pour faire apparaître ce visage avenant au sourire si méprisant.

Pendant les vingt premières années de sa vie d'adulte, Delhia n'avait cessé de courber l'échine devant ce genre de personne. Des hommes qui ne voyaient en elle qu'une bonne à tout faire ou une fille d'un soir, des femmes plus belles, plus riches, plus blanches, plus jeunes, qui la traitaient comme un être inférieur. Des filles comme Émilie qui faisaient se retourner les hommes sur leur passage, elle en avait croisé des dizaines. Maintenant dans la quarantaine, il était hors de question qu'elle se laisse marcher sur les pieds une fois de plus. Elle avait une réputation de femme rigide au sein de l'entreprise, elle le savait. La plupart des gens la craignaient et si le respect devait passer par la peur, elle l'acceptait.

Dès leur première rencontre, elle avait senti que cette fille allait lui causer des problèmes. Plutôt que de respecter la hiérarchie, elle avait choisi de la défier, allant même jusqu'à l'humilier publiquement en s'affichant avec l'homme qu'elle convoitait. Et cela, elle allait le payer très cher.

Émilie se lava deux fois les dents sans parvenir à chasser la sensation d'écœurement qui lui soulevait le cœur. Elle colla un post-It sur le réfrigérateur pour penser à descendre la poubelle et alla se déshabiller dans la chambre. Alors qu'elle s'apprêtait à enfiler son pyjama préféré, elle s'arrêta devant la porte vitrée de l'armoire pour admirer son corps. A trente-deux ans, elle pouvait se vanter d'avoir conservé une silhouette de jeune fille. Elle se tourna pour vérifier le galbe de ses jambes et les formes rebondies de ses fesses. Ses séances hebdomadaires en salle de gym et un régime alimentaire strict avaient sculpté son corps. Elle souleva ses seins ronds et pleins qui plaisaient tant aux hommes. Rien à redire non plus de ce côté.

Quand elle était enfant, sa mère ne cessait de lui répéter qu'elle ressemblait à une poupée. Elle en avait conservé les traits fins et délicats. Quand elle s'habillait en conséquence, on la prenait souvent pour une étudiante, et c'était aussi ce qui plaisait aux hommes qui approchaient de la quarantaine. Émilie aimait ce pouvoir, et cette liberté de passer de l'un à l'autre selon ses envies. Mue par une impulsion subite, elle enfila son t-shirt rose « Girl Power ». Il était à peine assez long pour cacher son intimité et laissait voir la plus grande partie de ses fesses. Nul doute que Jean Marc l'appréciait à sa juste valeur. Elle pensait encore à la soirée de samedi et aux commérages du lundi suivant quand elle se glissa sous sa couverture.

Delhia se concentra sur l'image d'Émilie et récita les paroles que lui avait chuchotées sa grand-mère quand elle n'était encore qu'une toute jeune fille. *Je transfère ton essence dans le corps de cette poupée. Par le pouvoir d'Hogou tu ne fais qu'un avec elle. Ton nom est maintenant connu des démons.*

Émilie se réveilla en pleine nuit. Elle avait l'impression d'émerger d'un cauchemar particulièrement pénible. Pendant quelques secondes, elle se crut perdue, ne sachant pas où elle était, avant de reconnaitre les contours rassurants de son lit. Elle sentit un souffle glacé lui balayer le visage et remonta la couette sur son nez en frissonnant. Il faisait de plus en plus froid dans cette chambre alors que d'habitude elle suffoquait. Et cette odeur de charogne imprégnant ses draps, c'était plus qu'elle ne pouvait en supporter.

Elle tendit le bras vers la table de nuit pour allumer la lampe de chevet qu'elle fit tomber sur le parquet. Elle jura entre ses dents et se pencha en essayant de rester autant que possible sous la couette. Elle tâtonna un moment avant de toucher le pied de la lampe et quand elle actionna enfin l'interrupteur, une lumière douce jaillit. Elle poussa un soupir de soulagement. L'ampoule était intacte, c'était toujours cela de gagné.

Un rapide coup d'œil sur sa montre lui indiqua qu'il était presque trois heures du matin. Elle soupira. Si elle n'arrivait pas à se rendormir rapidement, la nuit promettait d'être longue. Elle s'apprêtait à éteindre la lampe quand elle se figea : un glissement sourd, comme une respiration, ou plutôt un râle. D'abord ténu, presque imperceptible, il semblait devenir de plus en plus proche. Elle tourna lentement la tête vers le parquet et perçut un mouvement au ras du sol. Quelque chose lui saisit violemment le bras. Elle lâcha la lampe avec un cri de terreur et le noir envahit de nouveau la pièce.

Un flot d'adrénaline envahit ses veines, et d'un mouvement brusque, elle se libéra. Elle s'immobilisa au milieu du lit, essayant d'ignorer la douleur qui lui brûlait le poignet. Une dizaine de secondes s'écoulèrent, et de nouveau elle entendit le râle, suivi d'un crissement aigu. Quelque chose se déplaçait sous le lit, lentement, laissant l'impression de griffes creusant le bois du parquet. Gesticulant de terreur, Émilie bondit vers la porte de la chambre.

Le rituel touchait à sa fin. *Je t'ai en mon pouvoir pour aussi longtemps que je le veux. C'est maintenant ton tour de souffrir. Car j'en ai décidé ainsi.*

Delhia saisit une longue aiguille argentée et la planta dans le pied de la poupée.

En moins d'une seconde, Émilie avait atteint le couloir. Elle courait vers la cuisine quand une violente douleur la fit s'écrouler sur le carrelage. Dans sa précipitation, elle venait de donner un coup de pied dans un tabouret. Elle aurait juré qu'au moins deux de ses orteils étaient fracturés. Elle essuya les larmes qui l'aveuglaient et se força à respirer profondément. Une fois, deux fois, trois fois. Peine perdue, la douleur revenait. Elle tourna la tête en direction de la chambre.

Tout d'abord son regard s'enfonça dans une pénombre muette. Puis elle devina un mouvement. Quelque chose se déplaçait dans le couloir et se dirigeait vers elle. On aurait dit un enfant, ou du moins une personne âgée recourbée sur elle-même qui marchait d'un pas traînant. Il en émanait une odeur putride.

Émilie prit soudain conscience que si elle ne réagissait pas très vite, la chose serait sur elle d'un instant à l'autre. Elle voulut crier, appeler à l'aide, mais n'y arriva pas. Sa gorge était si serrée qu'elle lui faisait mal. Elle décida d'agir.

Pour atteindre la porte d'entrée, elle était obligée de passer devant la créature qui ne cessait de se rapprocher d'elle. Elle n'était pas sûre de pouvoir lui échapper. Elle se releva tant bien que mal et boita en direction de la baie vitrée. Elle sauta sur la terrasse, claqua la porte fenêtre et recula aussi loin que le lui permettait la largeur du balcon. Le bruit du périphérique tout proche faillit la faire pleurer de rage. Quelques centaines de mètres plus bas, circulaient des milliers de personnes, mais ici elle était seule, enfermée avec cette chose. Tous les appartements de la résidence étaient parfaitement insonorisés et aucune lumière ne brillait aux fenêtres voisines.

Elle ne pouvait détacher son regard de la porte vitrée, guettant le moindre mouvement à l'intérieur de la pièce. Une minute s'écoula, puis une autre. Elle se força à faire un pas en avant et colla son visage contre la porte vitrée. Elle lui renvoya l'image d'un visage ravagé par la peur.

Soudain, une main pâle se plaqua contre la vitre avec un bruit sourd. Elle bondit en arrière et se cogna contre la rambarde. La main était toujours là, une main aux doigts démesurément longs. Alors que des ongles noirs tentaient de griffer la paroi vitrée, un petit chuintement lui parvint et elle comprit l'imminence du danger. La porte-fenêtre venait de s'ouvrir de quelques centimètres. Elle essaya de hurler, en vain. Elle jeta un regard affolé tout autour d'elle. Sa terrasse n'était pas très éloignée de celle de son voisin, deux mètres tout au plus. Un dernier espoir.

Elle enjamba le muret et se força d'ignorer le bruit de la porte fenêtre qui s'ouvrait lentement derrière elle. Elle serra les dents et s'élança. Au même moment, quelque chose de froid lui frôla la cheville et elle pensa en un éclair « trop tard! »

Delhia éprouvait un mélange de plaisir et de fatigue dû à la concentration qu'exigeait la cérémonie. Il était temps d'en finir.

Je t'ai en mon pouvoir pour aussi longtemps que je le veux. C'est maintenant ton tour de mourir. Car j'en ai décidé ainsi.

Elle leva la poupée aussi haut qu'elle le put et d'un mouvement sec lui enfonça une aiguille dans le cœur.

Son élan projeta Émilie contre le balcon voisin. Elle se cogna violemment les bras sur l'arête en béton et dans un mouvement désespéré, s'agrippa sur le bord du muret. Elle sut qu'elle n'aurait jamais la force de se hisser plus haut. Ses doigts glissèrent et le vide la happa. Elle s'écrasa six étages plus bas. Le corps disloqué comme une marionnette brisée.

Delhia se massa les tempes pour endiguer la douleur qui lui vrillait le cerveau. Des rituels aussi puissants que celui qu'elle venait d'accomplir nécessitaient une énergie énorme, et elle se sentait vide comme une coquille sèche. Mais tous ces efforts n'étaient pas vains. La disparition soudaine d'Émilie lui laissait le champ libre. Jean Marc ferait-il un peu plus attention à elle ?

Elle saisit une autre poupée de forme masculine. Si cet imbécile était incapable de partager ses sentiments, bien sûr, elle n'en resterait pas là. Elle avait d'autres moyens de persuasion.

QUI ES-TU?
Yvenante François

Minerve avait peur pour le bébé. Elle regrettait amèrement d'avoir mangé de ce légume étalé au bord du chemin qui conduisait au marché. Mais avait-elle eu un meilleur choix ? Depuis le début de sa grossesse, elle vomissait tout ce qu'elle consommait : sucré, salé, tout. Son mari s'était payé le luxe de lui offrir des fruits importés fort coûteux – pommes, raisins, et prunes – mais sans succès. L'estomac de la jeune femme enceinte refusait toute nourriture ; elle dépérissait à vue d'œil et son mari se désespérait de son état.

Tout près de la maison du couple poussait une plante légumineuse, un *lyann panye* aux vertus médicinales, capable en un rien de temps de remonter le taux d'hémoglobine de l'anémiée, prétendait-on. Elle eut envie d'en manger. L'arbre se trouvant au bord du chemin, tout le monde pouvait s'en servir. Sans hésiter, elle cassa quelques feuilles et fut surprise de constater qu'enfin son estomac acceptait quelque chose. Ce légume devint donc un plat de résistance qu'elle consommait régulièrement.

Toutefois, une semaine plus tard, alors qu'elle s'approchait du *lyann panye*, une voix peu amène, venue du tronc de l'arbre, lui lança l'avertissement suivant :

« Mangez de mes feuilles tant que vous le voulez. Peut-être mangerai-je votre bébé à mon tour si vous donnez naissance à un garçon. »

Minerve laissa tomber les feuilles et courut rapporter ces paroles menaçantes à Nickson, son mari. Ce dernier, inquiet, s'arma d'une machette et s'empressa d'arracher la plante qui ne cessait de chantonner d'une voix ironique :

« Vous avez tort ; vous le regretterez. »

Sous-estimant la menace, fièrement à son retour, Nickson relatait sa prouesse à Minerve quand une horreur se plaqua sur son visage et s'y incrusta au point de l'amener à la folie. D'un geste mécanique, il leva la machette et se trancha la gorge. Sa tête tomba aux pieds de son épouse qui n'eut même pas la force de crier.

Minerve abandonna la capitale, laissant tout ce qu'elle possédait derrière elle, même le sac du bébé. Elle s'embarqua dans un bus en direction de Jacmel, sa ville natale. Elle voulait tout oublier de la capitale où elle avait rencontré son mari, cet homme merveilleux aux côtés duquel elle avait connu deux années de bonheur.

A la station, elle prit une camionnette pour Marigot. De là, elle parcourut à pied les quelques mètres devant la conduire à la maison de son enfance. Elle se félicitait d'avoir mis de la distance entre l'arbre et elle. La beauté de Raymond des Bains lui permit un moment d'oublier son chagrin, sa peur et ses soucis. Ses pieds crissaient sur le sable de la plage et les vagues tièdes lui chatouillaient les orteils; elle marchait d'un pas vif car la nuit commençait à étendre son emprise. Brusquement une forte douleur au bas-ventre la força à s'agenouiller. Oh, mon Dieu ! Le bébé arrivait. A chaque assaut de douleur, un cri lui sortait, mais la perte des eaux ne s'annonçait guère. Elle pensa à une fausse alerte.

Personne aux alentours. Il lui revint certaines informations fournies par le médecin se rapportant à l'accouchement. Il avait évoqué le bouchon muqueux, la perte des eaux, les contractions de plus en plus fortes et rapprochées, et le placenta qui sort quelques minutes après l'accouchement. Quelque chose, cependant, lui disait que son accouchement serait particulier.

Terrassée par la douleur, elle s'étendit au bord de la route, retroussant sa jupe. Le bébé n'allait pas attendre. Elle serra les dents et poussa…

Sur cette plage de Raymond des Bains, Minerve perdit le fil du temps et de l'espace. Elle ne se souvenait même plus des douleurs de l'enfantement. Qui avait coupé le cordon ombilical ? Un bruit insolite la fit se retourner. Elle eut juste le temps d'apercevoir une grande vague balayer la plage, soulever sa fille qui poussait des cris stridents et l'emporter loin avec elle.

Minerve erra comme une folle toute la nuit, le sang dégoulinant sur ses jambes, criant, hurlant son désespoir. A plusieurs reprises, l'oreille aux aguets, elle tenta de situer les cris de son bébé qui, comme dans un cauchemar, semblaient provenir de partout et de nulle part. Finalement épuisée, elle s'endormit. Quand la fraîcheur du matin la réveilla, elle fut surprise de trouver dans ses bras sa petite fille chérie happée par les vagues de la mer la veille. Le nombril de la petite était déjà guéri.

Mère et fille furent chaleureusement accueillies par les parents et par les voisins qui firent même couler quelques bouteilles de clairin en leur honneur.

L'enfant grandit sans problème. Elle ne ressemblait à personne de la famille. Sa peau était d'un noir un peu plus foncé, ses cheveux un peu plus crépus, ses yeux un peu plus larges.

Son nez un peu trop mince et pointu pour une Jacmélienne, et sa bouche, comparée à celle de Claudinette Fouchard, une haïtienne célèbre pour sa beauté. Kitana – c'était le nom de la fillette – attirait les regards. Des touristes de la plage ne cessaient de proposer de l'adopter.

L'enfant avait déjà trois ans quand Minerve fut réveillée par une musique étrange – des sons de tambour, de saxophone, de guitare, de flute et de *graj* – un mélange envoûtant, à l'intérieur de la maison ; la jeune femme ne voyait pas les musiciens mais devinait leur position par rapport aux sons. A une violente secousse, elle se retourna. Kitana, debout sur le lit, dansait au son de la musique.

Éberluée, Minerve admira les performances de l'enfant qui se révélait, à son âge et sans préparation, une danseuse accomplie. Toutes les parties de son corps exprimaient de manière professionnelle cette musique originale. Elle tournait les bras avec une telle rapidité qu'on aurait dit une roue électrique ; ses reins, ses épaules, ses pieds, sa tête, s'y adonnaient en toute frénésie.

Minerve, dans un sursaut de bon sens, voulait arrêter tout cela ; malheureusement ses gestes ne paraissaient plus répondre à ses désirs. Quelque chose bloquait ses réactions et la maintenait dans une inertie involontaire.

Finalement, la petite descendit du lit, les jambes vers le plafond, la tête posée sur le tapis, tournoyant sur elle-même ; le bruit de son crâne fracassant le sol à chaque contorsion choquait l'ouïe de la maman. Les pieds de la petite, en l'air, battaient la mesure. Sur une pirouette, la danseuse se coucha et la musique s'arrêta.

Alors Minerve retrouva ses esprits ; elle regarda sa fille pour mieux comprendre le sens de cette démonstration. Elle frissonna en se rendant compte de l'énigme de l'expression des yeux de cette petite fille peu commune. Son regard n'était pas celui d'un enfant, encore moins d'un adulte, voire même d'un animal. C'était un regard sans lueur, sans vie, inhumain. Alors, elle garda le silence, espérant ne plus revoir cette chose incroyable durant le reste de sa vie.

« Kitana… murmura Minerve.

– Mon nom est Lucie, coupa l'enfant d'un ton neutre. »

Au fil du temps, Minerve réalisa qu'à chaque fois que Lucie passait la nuit à danser, un garçon du voisinage expirait. Lucie avait quatorze ans quand elle prit l'habitude de s'absenter pendant plusieurs jours, ne fournissant aucune explication à son retour.

Exaspérée par cette attitude, Minerve exigea une mise au point sérieuse.

« Dis-moi, ma fille. Qui es-tu ? s'informa la mère. »

Elle répondit:

« Je ne suis pas ta fille ; je suis Lucie. Laisse-moi faire et ne pause aucune question. Cela vaudra mieux pour toi. »

L'adolescente passait le plus clair de son temps chez une voisine, mère de quatre enfants. Un jour cette dernière frappa à la porte de Minerve et déclara:

« Lucie est à la maison. Elle s'y plait et veut y rester. »

Minerve de lui répondre :

« Je vous comprends, Madame. Son petit minois si charmant attire la sympathie mais elle n'est pas aussi innocente qu'elle le paraît et je vous déconseille de la prendre chez vous. »

La voisine avança:

« On voit bien que vous n'aimez pas votre fille, alors je la garde. Elle se plaint de votre indifférence à son égard. Vous êtes une mère dénaturée, une marâtre. Certaines femmes ne méritent pas de devenir mères.

– Alors, gardez-la, Madame. Désormais elle est votre fille. Pour le meilleur et pour le pire, conclut Minerve. »

Pendant les trois premières années, Lucie se montra d'une gentillesse exemplaire, travailleuse, sage et obéissante, si bien que la voisine répétait souvent :

« Elle est la meilleure fille qu'une mère puisse avoir. Malheureusement sa mère est une diablesse. »

Lucie venait de fêter ses dix-huit ans quand une drôle de musique ébranla la maison dans la soirée ; personne ne put fermer l'œil. La mère adoptive de Lucie la surprit finalement dans la salle à manger, en compagnie de ses trois filles, préparant un festin. Rien ne manquait. Au milieu de la table, dans un superbe plateau d'argent, trônait un enfant rôti, son benjamin, un garçon de sept ans, à peine sorti du four.

La propriétaire des lieux perdit l'usage de ses sens. Muette de surprise, elle vit un arbuste s'installer à la place d'honneur, Lucie à sa droite, les autres filles à gauche. Abasourdie, la pauvre mère assista à ce dîner macabre : Lucie et ses sœurs dégustaient son unique garçon.

Quand tout fut terminé et nettoyé, la mère outragée retrouva ses esprits et poussa un cri démentiel. L'arbre était déjà loin, les filles le suivaient et s'y accrochaient à la manière de nouvelles branches prêtes à s'offrir.

Quand elle raconta son histoire, personne ne la crut, faute de preuve.

La malheureuse devint folle et erra pendant longtemps, jusqu'au jour où elle croisa la maman de Lucie. Elle lui confia :

« Voisine, j'ai tout perdu. Votre fille a mangé mon fils et a fait de mes filles des diablesses. »

Minerve déclara:

« Vous avez été plus royaliste que le roi, Madame, alors… Sachez qu'elle n'était pas ma fille. Mon enfant fut happé par les vagues et j'ai nourri ce serpent dans mon sein. »

Tout à-coup elle se tut et prit la main de l'autre en disant:

« Sauvons-nous ; j'entends les pas de l'arbre. Il nous poursuit, peut-être, pour faire de nous des tiges car il ne se nourrit que de garçons. »

UNE NUIT TORRIDE
Johémie Délinois

Le ciel était clair mais les nuages y couraient rapidement, voilant la lune par éclipse. Patricia traversa le jardin qui bruissait de ses innombrables feuilles, et rentra rapidement dans la maison qu'elle partageait avec Philippe. Ce soir, elle était particulièrement excitée. Elle prévoyait de faire à son fiancé un massage aux huiles essentielles.

Arrivée dans la chambre, elle se mit en quatre et prépara la surprise qu'elle avait prévue. D'abord, elle recouvrit soigneusement le lit d'un drap immaculé ; elle le parsema ensuite de pétales de roses, parfuma la pièce et alluma de petites bougies, créant ainsi une lumière tamisée. Sur la table de nuit, elle plaça un bol de fraises arrosées de Chantilly. Patricia prit soin par la suite de tirer les rideaux pour protéger son nid d'amour des regards indiscrets. Après un bon bain et une manucure, elle enfila une nuisette en dentelle sexy, un string avec jarretière.

Elle contemplait la pièce, scrutait le moindre coin pour vérifier si chaque objet était bien à sa place et si elle n'avait rien oublié, lorsqu'une fine pluie commença à tomber. Bientôt, la pluie gagna en force et se mit à marteler la toiture de la maison. Le souffle du vent souleva les rideaux, laissant l'impression que des fantômes se glissaient dans la pièce. Une à une, les bougies s'éteignaient. Patricia s'empressa de fermer les fenêtres.

Comment as-tu pu me faire ça ? entendit-elle.

Stupéfaite, Patricia se retourna, mais ne vit personne. Pourtant, cette voix résonnait encore à ses oreilles. Elle s'était peut-être trompée. Trop fatiguée, elle n'avait plus les idées très claires.

« Comment as-tu osé, Philippe ? Tu es semblable aux autres. »

Cette fois, c'était évident. Une femme apostrophait son ami.

« Non, ce n'est pas ce que tu crois, rassura ce dernier. »

Elle fut surprise. C'était Philippe. Alors, il était rentré accompagné d'une femme ! Elle comprit rapidement que la soirée était gâchée.

Elle se leva ; les battements de son cœur s'accélérèrent au rythme d'une course folle de chevaux racés. Sa respiration se fit saccadée et la chaleur, subitement, devint étouffante. Elle avança jusqu'à la porte et sentit le contact glacé de la serrure sur sa paume moite. Elle tourna la poignée et les vit tous les deux.

Philippe et une femme qui lui semblait étrangement familière. Mais où l'avait-elle déjà vue ? Elle réfléchit un moment puis se rappela d'anciennes photos que lui avait montrées Philippe. Impossible ! C'était Régine. Elle en était sûre. Philippe lui avait donc menti. Sa femme n'était pas morte. Il allait l'entendre, et maintenant !

Elle fit irruption dans la pièce.

« Bonsoir, Philippe ! Tu ne me présentes pas ? »

Elle n'obtint aucune réponse. Le pire, la discussion continua. Tous deux voulaient ignorer sa présence.

« Philippe ! »

Subitement, Régine se mit à le frapper à coups de poing rageurs. Ils en vinrent aux mains. Elle prit un vase et l'envoya en direction du jeune homme. Philippe l'esquiva et parut s'énerver.

« Tu vas arrêter ce jeu immédiatement !

– Parce que tu crois que c'est un jeu ?

– C'est ridicule, Régine. Cette fille me court après, je te le jure. »

Patricia réfléchit. Était-il en train de parler d'elle ?

« Je suis là ! cria-t-elle. »

Mais personne ne prêtait attention à elle. En fait, Régine venait de s'emparer d'un couteau.

« Non ! C'est dangereux, lui cria Patricia en se plaçant devant Philippe pour le protéger. »

Régine fonça droit sur elle. Patricia prit une petite table comme bouclier. Ce qui se passa ensuite la laissa muette : Régine était passée à travers elle, pour attraper Philippe qui, lui, s'était emparé d'une petite statuette en métal. Comme elle essayait de le poignarder, Philippe, sous l'emprise de la colère, armé de la statuette, frappa violemment sa femme.

Patricia était pétrifiée ! Philippe avait donc tué sa femme. Elle comprenait maintenant : elle revivait une scène du passé. Elle s'approcha lentement du cadavre. Elle arrivait même à toucher le corps ; elle ne comprenait plus rien. Elle chercha vainement le pouls de la victime.

Elle s'apprêtait à se lever lorsqu'elle sentit une main glacée lui agripper la cheville. Une sueur froide la traversa. Elle frissonnait d'angoisse et eut très mal aux entrailles. Se sentant observée, elle se retourna pour constater que le cadavre lançait à présent vers elle un regard haineux. A un rythme fou, des vers sortaient de la bouche de Régine, longeaient son cou et envahissaient la pièce. Un étau se resserra dans la gorge de Patricia, la peur l'asphyxiant.

Elle essayait de libérer son pied mais sa cheville se tordit sous l'effet des dents du monstre dans sa chair. Elle hurla de douleur et tomba face contre terre. Des vers, partout des vers… Ils se glissaient dans son nez, dans sa bouche, impossible de s'en débarrasser. Ils se multipliaient trop rapidement.

C'est alors qu'elle vit le couteau, l'attrapa, le lança en direction de Régine qui lâcha son étreinte. Elle en profita pour se relever et se précipiter vers la chambre. La poignée de la porte lui résistait. Elle n'arrivait pas à l'ouvrir. Que faire?

Brusquement, les battants s'écartèrent et elle plongea à l'intérieur, mais pas assez vite pour bloquer la dernière tentative de Régine qui, plantée dans l'entrebâillement, empêchait qu'elle ne referme la porte.

Patricia poussa de toutes ses forces et parvint à la faire bouger, à déstabiliser Régine. Sous le choc, l'un des pieds de la morte s'était détaché de son corps.

Patricia prit son portable. La date qui s'affichait retint son attention : 22 mars 2010 – le jour du décès de Régine. Sa main tremblait tellement qu'elle laissa tomber le téléphone. Elle se rendit dans la toilette, où elle essaya de se débarrasser des bestioles qui s'incrustaient dans sa peau.

Elle saisit à nouveau le téléphone et composa le numéro de sa sœur. Ses lèvres étaient sèches alors que sa peau était moite de sueur. Son cœur faillit s'arrêter quand elle entendit décrocher.

« C'est Régine. Tu croyais te débarrasser de moi aussi facilement ?

– Que me veux-tu ?

– Philippe m'appartient !

– Quoi ?

– Je vais en finir avec toi. »

Les vers encombraient déjà la chambre, puis la toilette. Patricia ferma la porte de la toilette qui communiquait avec la chambre. Elle remplit la baignoire d'eau et s'y jeta. L'eau devint brûlante, la température de la pièce monta. Patricia se débattit comme le diable dans un bénitier mais elle ne parvint pas à résister dans cette fournaise.

Peu de temps après, on défonça la porte.

C'était Philippe qui arrivait trop tard pour une nuit torride.

GRÉGOIRE ET SES FRÈRES
Guerda Gaie

Ce vendredi 15 mars, une église de Delmas, toute pimpante, accueillait deux tourtereaux touchés en plein cœur par la flèche de Cupidon. N'ayant cessé de roucouler, ils avaient décidé de s'unir, de s'accepter, de tout partager dans le meilleur comme dans le pire. Ces deux-là étaient faits pour vivre ensemble. Aussi, Léa et Garry passaient-ils pour un couple idéal, cité en exemple par plus d'un ! C'était un réel plaisir de les regarder. Elle, catholique dévouée, si belle, si affable. Lui, homme laborieux, toujours disposé à aider. Les nouveaux mariés sortirent de l'église sous les applaudissements de l'assistance. Après une magnifique réception, ils partirent en République voisine pour une lune de miel exceptionnelle.

Cinq ans plus tard, le foyer ne s'était pas élargi ; l'héritier tardait à naître. Garry restait confiant car Dieu avait béni le ménage. Or, Léa portait un secret. Ne se sentant pas encore prête pour devenir maman, à chaque fois qu'une grossesse s'annonçait, elle se faisait avorter. Elle avait noté chacune des dates où l'amie de sa grand-mère lui avait permis de se débarrasser d'un fœtus : 20 janvier, 3 février, 4 avril… Son mari ignorait tout de ces manigances.

A leur septième anniversaire de mariage, Garry commençait à perdre espoir, et du même coup confiance en Dieu. Pour préserver son mariage, Léa décida de garder le huitième enfant. L'annonce de cette grossesse redonna du sens à leur vie conjugale. Garry était aux petits soins pour Léa qui, du matin au soir, chantait et dansait à la tâche. Neuf mois plus tard, un joli poupon, aussi beau qu'un ange, aussi doux que la mousse des bois, lançait son premier cri.

Son sourire, source de joie, réchauffait le cœur de ceux qui l'entouraient. Il grandit sans problème et reçut le baptême à l'église où ses parents avaient prononcé leurs vœux. Il hérita du prénom de son grand-père – Grégoire – et devint le trésor de son père et le chouchou de sa mère.

Grégoire grandissait heureux et aimé de tous. Pour ses cinq ans, il reçut de sa mère un médaillon sur lequel se lisait : *Maman t'aime beaucoup.*

« Quelle heureuse famille! s'exclamait-on. »

Léa ignorait qu'à la naissance de Grégoire, ses frères et sœurs avortés l'avaient accompagné et constituaient une bonne part de

dans son placard ne le dévore. Léa et Garry, heureux, l'accueillaient volontiers dans leur lit en le couvrant de baisers.

Ce soir-là, Grégoire s'installa dans le grand lit en s'agrippant à son père. Ce dernier, les yeux fermés, le prit machinalement dans ses bras en murmurant :

« Greggy, il va falloir être un grand tonton si tu veux avoir le grand vélo. »

Léa, amusée, se tourna vers son fils et faillit pousser un cri d'horreur. Ce qu'elle voyait là n'était pas Grégoire ! Il en avait le corps, certes, mais le regard que lui lançait cet inconnu, étendu derrière elle, n'était guère celui de son petit Greggy. Prise de panique, incapable d'affronter ce regard où se lisaient mépris, colère et dégoût, elle ferma les yeux et essaya de s'endormir.

Elle ne sut trop comment mais le sommeil finit par l'emporter et, au matin, elle chassa ce souvenir qui, selon elle, n'avait été qu'un terrible cauchemar. En se réveillant, Greggy lui avait offert sourire et bisous des jours heureux. Pourquoi inquiéter son mari qui avait tant d'exigences à son travail ? D'ailleurs, Garry devait quitter le pays pour finaliser un contrat aux États-Unis. Accusant le surmenage de son état d'esprit, elle prit la décision d'oublier cet incident.

Le jour du départ, Léa et son fils accompagnèrent Garry à l'aéroport. Il leur promit de revenir bientôt avec beaucoup de cadeaux. Grégoire était triste. Pour lui remonter le moral, sa mère l'emmena manger une glace au chocolat. Dans la voiture, mère et fils fredonnaient un refrain et paraissaient au meilleur de leur forme.

Arrivé à la maison, Grégoire courut dans sa chambre, tenant maladroitement une boite de crème à la glace à demi remplie, salissant tout sur son passage.

« Attention ! N'en mets pas partout, Greggy, et viens te laver ! lui cria sa mère. »

Joyeuse de le voir papillonner, elle avait entièrement oublié l'incident de la quinzaine précédente.

Après un bon bain et un bol de Corn Flakes, Grégoire s'endormit aussitôt. Léa nettoya un peu la maison puis, prise de fatigue, elle s'endormit à son tour comme un bébé.

Quelques heures plus tard, elle se réveilla, en tremblotant. D'un geste machinal, elle prit son portable et regarda l'heure : 2h50 AM. Quatre appels en absence de son mari. Elle se frotta les yeux et s'étira pour pouvoir mieux se mouvoir. Elle se rendit dans la chambre de Grégoire pour s'assurer que la couverture ne dépassait pas, que son garçon ne manquait de rien.

Une conversation d'enfants, un bruissement de pas l'intriguèrent. Elle pensa alors que son fils avait dû prendre le DVD portatif. Quand elle ouvrit la porte, elle trouva Grégoire debout sur son lit, les yeux au plafond ; il murmurait des mots incompréhensibles. En plus de tout cela, des cris de nouveaux nés retinrent son attention – des cris diaboliques.

Léa, glacée de frayeur, resta immobile. Un instant plus tard, retrouvant ses esprits, elle s'approcha de son fils en tremblant, les yeux mouillés. Au moment où elle s'apprêtait à le prendre dans ses bras, Grégoire baissa la tête, sauta du lit et se mit à courir à quatre pattes comme un animal enragé. Arrivé devant sa mère, il s'étira et leva la tête sans pour autant changer de position. Le noir de ses yeux avait disparu et la langue lui sortait de la bouche comme un chien assoiffé. Il prolongea les balbutiements à la manière d'un gosse s'adressant à un bébé en âge de percer ses premières dents. Léa se retenait de crier. Elle courut vers la porte, mais Grégoire lui barra le chemin, debout devant elle.

« Tu nous as abandonnés, jetés comme de vieux vêtements et maintenant tu as peur de nous, Maman. »

Léa respirait avec difficulté. Le Grégoire endiablé qui se tenait devant elle l'avait appelée « maman. » Elle se mit une main sur la bouche, se rappelant ses nombreux avortements.

« Mon Dieu ! s'écria-t-elle, ce n'est pas possible. Oh, non ! »

Lentement, Grégoire avança vers elle, les yeux impassibles. Il lui tendit la main et du bout des doigts lui montra le calendrier où toutes les dates étaient marquées en vert, bleu, jaune... Léa se mit à pleurer.

Quand elle se tourna vers le gamin, il n'était plus là. Elle entendit des bruits secs dans la cuisine comme si quelqu'un renversait tous les ustensiles de cuisine en même temps. Elle ne se risqua même pas à aller voir ; elle courut dans sa chambre en prenant le soin de tout fermer après elle. Attrapant son portable qu'elle avait laissé sur le lit, elle composa le numéro de son mari. Sonnerie sans réponse. Elle réessaya encore et encore jusqu'à sentir son crâne sur le point d'exploser.

En essayant d'appeler un prêtre, elle vit se détacher une ombre sur la porte. Elle se cacha derrière son lit, et attendit que le prêtre décroche, mais rien. Elle ne se découragea pas, priant intérieurement et demandant pardon à Dieu d'avoir tué ses enfants par vanité. Elle tomba sur le répondeur du prêtre : il était en retraite pour deux semaines.

Elle raccrocha.

Quand elle se décida enfin à sortir de sa cachette, tout au haut de la porte, des yeux sanguinolents la fixaient. Elle poussa un cri et de ses deux mains se ferma la bouche. Ce geste fit tomber son portable ; elle s'empressa de le rattraper et en relevant la tête vit Grégoire qui essayait d'ouvrir la grille au-dessus de la porte. Léa composa alors le numéro de la vieille dame qui l'avait aidée à avorter. Elle avait entendu dire qu'elle était insomniaque. Cette dernière, bien vite, décrocha. Avant même qu'elle ne puisse lui confier quoi que ce soit, la sorcière expliqua calmement que Léa devait retrouver les dépouilles des enfants avortés et les brûler.

« Sinon Grégoire mourra aussi, et de façon horrible. »

La vieille dame raccrocha. Grégoire avait presque fini de détacher la grille. Les réflexes du jeune garçon, ses murmures, ses balbutiements, s'éloignaient de plus en plus de l'enfance. Véritable cacophonie où se mélangeaient des cris d'oiseaux, de chevaux, de chiens et de chats qui perforaient le tympan de Léa. Voulant en finir, elle prit son courage à deux mains et sortit de la chambre en courant.

Léa se souvint de l'endroit où elle avait enterré ce qui restait des avortements : le coin Est du jardin, derrière le grand bassin. Se faufilant par la porte, elle emprunta la direction de la cuisine, suivie de très près par la créature entrée dans le corps de son fils qui rampait à la manière d'un serpent, grimpait au plafond ou galopait pour imiter le cheval.

Léa, très effrayée, se préservait avant tout. A la cuisine, elle s'empara d'une allumette et d'un gallon de Kérosène pour éliminer ces fœtus qui lui pourrissaient la conscience. Une fois dans le jardin, elle ferma la porte de la cour. La peur lui faisait perdre ses moyens. Elle se rendit compte qu'elle avait oublié les instruments qui lui permettraient de creuser la terre. L'instinct de survie lui donna la force d'utiliser ses deux mains pour y arriver.

Grégoire était dehors maintenant; il ne rampait plus ni ne sautait – il marchait, mais ses pas faisaient trembler le sol. Léa, angoissée, s'activa. Tout d'un coup, un petit sac apparut ; elle s'empressa de le retirer. Un autre... Un troisième... A la vue de ces dépouilles, les esprits se mirent à courir dans sa direction. Elle souleva le tas qu'elle arrosa de Kérosène. La vue de son fils prisonnier des esprits de ses frères et sœurs était si traumatisante qu'elle ne se rendit pas compte que le gaz tombait également sur sa robe. Elle gratta l'allumette et le feu jaillit.

Les paquets et sa robe prirent feu. La terre trembla. Les esprits criaient, se tordaient… Et Grégoire, projeté par terre, se mit à pleurer. Comme tout enfant de son âge, il réclamait sa mère. Léa, affolée, cherchait avec frénésie un arrosoir pour éteindre le feu. Sous les flammes, elle ne tarda pas à s'évanouir. Ses dernières pensées furent pour son fils qui pleurait en hurlant son nom.

Au matin, Léa se réveilla dans un hôpital. Des bandages lui masquaient le corps, de la tête aux pieds, et à côté d'elle se tenaient son mari et son fils, les visages tristes et en pleurs. Elle leur sourit, leur toucha la main comme pour sortir de ce cauchemar qu'elle venait de vivre. Son mari lui rapporta ce que la voisine racontait les concernant. A les entendre, Léa aurait voulu se suicider avec Grégoire. Léa, fort étonnée, ne put rien ajouter car deux hommes vinrent la chercher. A leur uniforme, elle comprit qu'avec l'accord de son mari, elle serait enfermée quelque part, avant d'être conduite en psychiatrie pour y être soignée.

Après un minimum de résistance et avant que les tranquillisants ne la fassent dormir, elle fixa son mari, et lui demanda si les bébés dans le jardin avaient été brûlés. Naturellement, Garry ne comprit rien à ces élucubrations de folle en furie. Il l'assura du bien-fondé des dispositions prises puisque son cas nécessitait une intervention urgente. Le traitement serait long certes mais porterait des fruits. Elle n'avait rien à craindre. Grégoire lui fit un sourire méchant en tournant de l'œil. Elle ne put réagir sous l'effet des tranquillisants.

Grégoire et Garry rentrèrent chez eux. Le père coucha son fils en le rassurant sur l'état de santé de sa mère puis alla boire quelques verres au salon. Sitôt Garry parti, Grégoire se leva et s'empara des petits sacs qu'il avait sauvés des flammes alors que sa mère se débattait à éteindre le feu. Il les plaça en lieu sûr, hors de portée, dans un bocal, avec le sentiment profond que dorénavant, personne ne pourrait les atteindre, ses frères et lui. Et il allait tout faire pour que le geste de sa mère ne se répète pas.

ZOMBI EN FUITE
He' Dwige Jocelyn

Sous les assauts répétés d'un vent furieux, je courais à perdre haleine. Comme un dérangé dépourvu de son Bon-Ange. Il faisait noir. Très noir. Pour la première fois, je trouvais la lune impuissante et inutile. A peine si j'arrivais à voir là où je mettais les pieds. Je devais faire confiance à mon instinct pour éviter de tomber ou de trébucher sur l'un de ces troncs d'arbres coupés maladroitement par les habitants de la zone. Je me retournais de temps à autre pour voir où j'étais par rapport à mes poursuivants. Étais-je très éloigné d'eux, comme je le souhaitais ?

Il pleuvait. La terre boueuse et le sol glissant me donnaient l'impression de courir dans une forêt inondée d'eaux fangeuses. J'avais tous les maux du monde : migraine infernale, gorge asséchée, soif intolérable, paupières lourdes d'angoisse. Les blessures, que je croyais déjà cicatrisées, me brûlaient la peau. Mon estomac ne demandait qu'à être vidé, contrairement à mon ventre qui crevait la dalle. Je ne comprenais plus rien. Je n'étais plus qu'une âme fuyarde mesurant la distance entre elle et la mort : carte VIP pour l'enfer.

Je ne vais pas passer par quatre chemins. Je suis un zombi. Un vrai. Non pas de ceux montrés parfois à la télévision, en début de week-end, ou de ceux qu'on retrouve dans les célèbres romans de John Ronald Reuel Tolkien, de Neil Gaiman, de Joanne Kathleen Rowling, ou encore de Stephen King. Et encore moins, de ceux que nos grands-parents ont l'habitude de nous décrire. Des créatures laissant leurs tombes la nuit pour venir ennuyer, voire même dévorer les vivants. Des défunts appelés de l'au-delà dans un but bien précis. Ou encore des morts rebelles qui tardent à entrer dans leur monde. Non, non, non et non. Moi, je suis quelqu'un de différent. Quelqu'un qui a été arnaqué, claquemuré, empoisonné, déclaré entre guillemets mort, enterré dans les normes du Grand Manitou pour être ensuite réanimé et lui servir d'esclave. Un grand soukouyan, durant le cyclone, m'a ouvert la porte de la liberté, puis a rejeté dans la nature quelqu'un qui venait de passer plus d'une dizaine d'années à courber l'échine dans un foutu ounfò. Voilà qui je suis. Une victime. Un homme à qui on avait fermé la bouche. Qui a été privé de son libre arbitre. De ses capacités de réflexion. Qui ne vivait que par et pour un serviteur du mal.

Je me retournai encore une fois. Question de savoir où en étais-je avec mes poursuivants. De mettre à jour ma distance. Plus loin, ou plus près. À mon grand étonnement, je ne vis rien. Je n'entendis rien non plus. Silence complet. Mon cœur se mit à battre la chamade. Je n'aimais pas trop la situation. Ne plus voir les ombres de mes poursuivants me rendait plus nerveux. Avaient-ils abandonné la poursuite ? J'en doutais. Les hommes qui me faisaient la chasse étaient pires que des assassins. Ils n'avaient pas peur des ténèbres. Ils y venaient d'ailleurs. Je les ai vus éliminer de sang-froid tous ceux qui osaient s'opposer à la domination du Grand Manitou, sacrifier vifs des nourrissons pour satisfaire les dieux bien-aimés Pétro, et se livrer à toutes sortes de sortilèges pour certains clients haut placés dans notre société. Jamais, je ne les ai vus battre en retraite. Jamais ! Serait-ce une embuscade ?

Je suais à grosses gouttes. Les battements de mon cœur se faisaient plus irréguliers. Je m'arrêtai un moment, m'appuyant contre un arbre pour ne pas tomber. Ma tête continuait à tourner. J'étais à deux doigts de tomber dans les vaps. Ma langue avait un goût de salé qui me donnait envie de vomir. Comme si on m'avait forcé à avaler tout un paquet de sel. Je pensai alors à cette histoire de *zombi goute sèl li pa mande rete*. Était-ce réel ? Je penchai la tête. Du sang me sortait par le nez. J'essayai vainement de psalmodier quelques bribes de phrases de l'Évangile selon Matthieu. *Notre père dans les cieux, que ton nom soit sanctifié. Que ton royaume vienne. Que... que ta volonté se fasse, comme dans le ciel, aussi sur la terre. Donne-nous aujourd'hui notre pain pour ce jour, et remets-nous nos dettes comme...* non, ça ce n'est pas trop important... *euh, euh, ah oui, et ne nous fais pas entrer en tentation, non surtout pas en tentation, Seigneur, mais s'il-te-plaît délivre-nous du mé...*

Un bruit. Je sursautai. D'où provenait-il ? Étaient-ce les hommes du Grand Manitou ? J'attendis malgré moi la suite. Une odeur écœurante me montait au nez. L'envie de décharger mon estomac me tenaillait. L'odeur devenait de plus en plus forte, comme si elle sortait de ma propre bouche. Beurk ! Mon visage grimaça à cette idée. J'entendis un grondement derrière moi. Je me retournai, les yeux fermés, pantelant de terreur. Quand je les rouvris, je vis un énorme berger allemand de la taille d'un warg gris se tenir devant moi. L'animal avait des canines plus grosses que celles d'un ours, et plus pointues que la lame d'un poignard. Ses poils étaient tout aussi laids que ceux d'un chien errant, et ses yeux, plus rouges que le cramoisi. J'avalai ma salive. Je lâchai la seconde syllabe du mot que je m'apprêtais à prononcer d'un air découragé. Je fermai les yeux à nouveau. Je sentis la bête s'approcher de ma personne. Son souffle était fort. Son souffle était chaud.

Elle était à deux doigts de brûler ma carte de séjour en ce bas monde, quand un projectile fendit l'air. La chose beugla. Un second ! Elle hurla à nouveau, puis rendit l'âme. J'ouvris mes yeux. La bête était devant moi, pataugeant dans son propre sang. Je m'apprêtais à reprendre ma course folle, quand une fléchette venue de nulle part m'atteignit à la poitrine. J'eus à peine le temps de l'enlever. Mes paupières se fermèrent toutes seules. Je perdis connaissance.

Dieu seul sait pendant combien de temps mes paupières restèrent closes. Pendant combien de temps mon cerveau arrêta de fonctionner normalement, et mon corps, figé, livré à la merci de je ne sais qui. Cela me parut une éternité.

Tout avait changé à mon réveil. Il faisait plus noir qu'avant. Beaucoup trop noir. Ma tête me faisait encore plus mal. Si mal que je croyais qu'elle allait exploser, en répandant un peu partout tout ce qu'elle contenait. J'avais la bouche bâillonnée, et les membres ligotés. Je ne pouvais rien faire, même pas crier à l'aide. À qui d'ailleurs ?

Une ampoule éclairée au néon s'alluma au-dessus de ma tête. Elle se balançait au plafond comme une pendule dans une vieille horloge. Je comprenais enfin pourquoi il faisait si noir. Une table basse, sur laquelle reposaient une bouteille de whisky et une bible, se dessina devant mes rétines. Je parcourus la petite pièce des yeux – rectangulaire, d'environ dix mètres carrés, avec pour unique meuble la table basse placée à mes côtés. Même pas une carpette où s'allonger. Des signes bizarres étaient dessinés sur le plancher. Des signes que je ne connaissais *ni an pent, ni an penti*. On aurait dit la chambre d'un de ces fameux arriérés mentaux qui circulent toujours en costume d'Adam et Ève dans toutes les rues de Port-au-Prince.

J'étais encore occupé à regarder ces dessins bizarroïdes, quand deux mecs blancs entrèrent dans la pièce. À leur mine, on aurait dit de vrais jumeaux, tant la ressemblance était frappante. Même taille, même coupe, même couleur de peau. Ils avaient des tatouages jusqu'au cou et des piercings au visage. Ils prirent d'assaut la petite table qui se trouvait à mes côtés. Ils remplacèrent la bouteille de Whisky ainsi que la bible par une machine tout aussi bizarre que les signes sur le plancher. L'un deux me prit d'une seule main et me fit asseoir sur l'une des deux chaises métalliques qu'il venait de placer aux côtés de la table basse. Il défit la corde qui retenait mes bras un moment, le temps pour son compagnon de faire son boulot. Une fois la machine reliée à mon bras, il me fit une piqûre, puis il me rattacha. Je me laissai faire. Je n'avais pas le choix. Ils sortirent sans dire mot, laissant la place à une jeune femme blanche qui avait les cheveux en Rasta, et un joli papillon tatoué juste au-dessus de son sein gauche. Elle tenait un porte-document à la main droite et une poche de cigarette dans l'autre. Elle prit place devant moi.

« Je suis le Dr Akbar. Lorna Akbar, de l'Université des Antilles, en Guyane. Actuellement, je suis en mission pour le DPLSH, le Département Pluridisciplinaire des Lettres et des Sciences Humaines de Saint-Claude. Mon objectif est le suivant : découvrir, étudier et élucider tous les mystères des pays de la Caraïbe. Leur façon de manger, de boire, d'adorer, de faire l'amour, de s'habiller, de s'organiser, etc. En gros, leur vie.

« Pour des pays comme la Barbade, Bahamas, Saint-Martin, les Îles Vierges, Saint-Kitts-et-Nevis, Curaçao, etc., le travail n'a été qu'un jeu d'enfant. Mais pour d'autres pays comme Haïti, par exemple, tel n'a pas été le cas. Est-ce la raison pour laquelle, je suis encore là. J'ai comme l'impression, qu'ici, la lettre M du mot mystère ne se contente guère de s'écrire en majuscule. Elle influence toutes les autres lettres, rendant ainsi le mot plus difficile qu'il ne l'est en réalité. Avec tous ces mystères qui planent sur votre île, vous avez de quoi décourager n'importe quel chercheur étranger. En même temps, comme je ne suis pas du genre à baisser les bras, alors… »

Elle s'arrêta un moment, comme pour chercher ses mots.

« Alors j'ai décidé de ne pas arrêter mes recherches, à l'instar de certains de mes collègues. »

Elle alluma une cigarette.

« Je vais te poser quelques questions, te concernant. Ensuite, on fera le point sur ta petite balade nocturne, et après, on te relâchera. Au fait, tu n'as rien à craindre pour la machine. C'est juste un détecteur de mensonge, rien d'autre. Et la corde, c'est pour notre sécurité. On ne va pas te faire du mal. Commençons par le commencement. »

Elle se pencha vers moi pour enlever le bâillon.

« Qui es-tu ? C'est-à-dire ton nom ? »

Je ne répondis pas. Non pas parce que j'avais peur, ou que la jolie prof ne m'inspirait pas confiance, c'est juste que je ne savais pas. Enfin, que je ne savais plus. Intriguée par mon silence, elle me demanda si j'avais compris la question. Je hochai la tête.

« Tu ne sais pas non plus ce que tu fais dans la vie ? »

Je gardai toujours le silence. Elle respira un grand coup.

« L'autre était violent mais, au moins, il savait parler, dit-elle entre ses dents.

– L'autre ! m'exclamai-je.

– Alléluia ! Enfin un mot. Oui, l'autre.

– Qui c'est ?

– Minute. C'est moi qui pose les questions ici, OK ?

– Désolé, professeur.

– Ça va. »

Elle ouvrit le porte-document qu'elle tenait, et en sortit une photo que je reconnus tout de suite. C'était l'un des gars qui travaillaient pour le Grand Manitou. Disons, l'un de ses zombis.

« Alfred Jean-Baptiste, âgé de vingt-six ans, originaire du Cap-Haïtien, étudiant à la Faculté d'Ethnologie. Il a été porté disparu le 26 avril 2011 à 11h du matin alors qu'il partait en cours. On l'a retrouvé mort le lendemain matin, presqu'à la même heure. Il sentait tellement mauvais que sa famille n'a pas tardé à le faire inhumer dans les plus brefs délais. Il n'a même pas eu droit à une veillée normale. Ses funérailles ont été chantées à l'Église du Sacré-Cœur de Turgeau, et son corps, enterré dans le cimetière de Port-au-Prince, disparait deux jours plus tard.

« Il y a deux mois, on l'a retrouvé ici. Il était tout hébété. Son corps était plein de cicatrices, et ses vêtements tout aussi sales que les tiens. La seule différence, c'est que lui, il était violent. Il n'arrêtait pas de jurer, de citer plein de noms bizarres et de reproduire ces dessins que tu vois là. Comme il ne n'arrêtait pas de prier, alors je lui ai donné une bible. Il en a lu quelques pages, déchiré quelques autres, puis il a rendu l'âme. »

Elle éteignit la cigarette.

« Tu vois, il y a beaucoup trop de choses mystérieuses qui se passent ici. Beaucoup trop. »

Lorna replaça la photo dans le porte-document.

« Et si on revenait là où nous étions ? Tu as peut-être oublié ton nom, ton statut, mais il y a forcément quelque chose qui reste, non ? Fais un effort s'il-te-plaît.

— Je suis un zombi, marmonnai-je.

— Quoi ? Je n'ai pas entendu.

— Je suis un zombi, professeur Akbar. Exactement comme Alfred. Enfin, un zombi moins violent. »

Elle me regarda d'un air ahuri, comme si elle était assise en face d'un démon. Un faux sourire se dessina sur ses lèvres.

« Attends, t'es sérieux, là ?

– Si, c'est Adrienne qui me l'a dit.

– Qui c'est cette Adrienne ? Et qu'est-ce qu'elle t'a dit d'autre ?

– C'est l'une des concubines de mon maître. Elle m'a dit que j'ai été arnaqué, séquestré, empoisonné, déclaré mort, enterré non dans les normes, puis ressuscité pour servir le Grand Manitou. »

Elle resta sans dire mot.

« Je ne mens pas. Tu peux vérifier.

– Justement, c'est ce qui m'effraie, dit-elle en regardant la machine. Et pour Alfred ?

– Je l'ai rencontré dans un champ de canne. Il y travaillait la nuit. Je ne lui ai jamais adressé la parole ; on ne se parle pas entre nous. Seuls nos visages nous sont familiers.

– Donc, si je comprends bien, tu as été l'objet d'un enlèvement tout comme Alfred, c'est ça ?

– Exact.

– Ensuite, tu as été enterré non dans les normes, toujours comme Alfred. Puis, on t'a redonné vie pour servir dans un ounfò. Donc en gros, tu n'es pas un mort.

– Non, je n'en suis pas un. Génial, non ? »

Elle éclata.

« Génial, tu dis ? Génial ? Il n'y a rien de génial là-dedans. J'ai passé près de deux ans à étudier un truc, à dresser toute une liste d'hypothèses, à questionner plein de monde, et voilà… et voilà que tu te pointes avec ton histoire de séquestration, d'empoisonnement, de mort simulée, voulant à tout prix me faire comprendre que les zombis ne sont que des gens arnaqués. Tu trouves ça génial, toi ? Ce sont mes diplômes qui sont en jeu, nom de Dieu ! »

Elle alluma rageusement une autre cigarette. Elle se leva et se mit à faire les cent pas. Je la suivis des yeux, ne sachant que dire. Brusquement, l'un des deux mecs entra dans la pièce:

« Professeur !

– Quoi ?

– Nous avons un problème.

– Quel genre de prob…»

Lorna n'eut pas même le temps de terminer sa phrase qu'une partie du plafond s'écroula au-dessus de nos têtes, et un chien aussi gros que celui que j'avais vu tout à l'heure tomba sur le plancher. Le mec déchargea son Glock sur l'animal.

« Putain, c'est quoi ça ?

– Aucune idée, Professeur. Mais une chose est sûre, cette créature n'est pas l'œuvre de Dieu. On doit lever l'ancre. »

Il sortit un couteau et coupa mes cordes. Je m'occupai du reste.

« Si tu essaies de nous doubler, je te tue, *timal*. Je t'ai à l'œil. »

Lorna fit rapidement son sac, et se dépêcha de vider les lieux sous la protection de ses deux gardes du corps. Je les suivis, n'ayant pas trop le choix. Je me retrouvai en train de courir à nouveau. Usant une fois de plus mes capacités pour survivre. Les arbres continuaient à craquer sous la pression des vents. Fallait être vraiment leste pour éviter les branches qui tombaient. Les aboiements des chiens se faisaient de plus en plus forts. Les cris de ceux qui les chevauchaient également. Les gars nous pressaient sans arrêt, Lorna et moi. Cette dernière était déjà à bout de souffle. Elle respirait fort. Trop fort.

« Ils vont nous rattraper, dit l'un des deux gars.

– Je sais, répondit l'autre.

– Ils sont plus nombreux que nous.

– C'est évident.

– Ils vont nous tuer, merde !

— Tu ne peux pas la fermer un moment, bordel ? »

Il s'arrêta brusquement.

« Qu'est-ce que tu fais, M ? interrogea Lorna.

— Il a raison. Ils sont beaucoup trop nombreux. Ils vont finir par nous rattraper. Donne-moi ton sac.

— Quoi ? Pas Question !

— Professeur, il le faut. Ton sac est beaucoup trop lourd, et toi beaucoup trop lente. Je vais le porter à ta place. »

Lorna obtempéra avec réticence. M ouvrit le sac et jeta tout ce qui, à ses yeux, n'avait aucune importance. Ensuite, de son sac à lui, le garde du corps sortit deux 38. Il en donna une à Lorna et l'autre à moi.

« Vous visez, et vous tirez. Visez d'abord, tirez ensuite. Je reste ici pour couvrir vos arrières. Je vous rejoins plus tard.

— Et mon sac ?

— J'ai dit plus tard, Professeur. »

Nous reprîmes la course. Lorna n'arrêtait pas de se retourner, un peu comme je le faisais tout à l'heure. Un peu, parce que moi je le faisais pour assurer mes arrières. Elle, pour ses recherches. Comme si ces fameux documents avaient plus d'importance que sa propre vie. N'importe quoi !

Nous traversâmes presque la moitié de la Forêt des Pins en un temps record. Ne plus courir en solitaire ne me rendait ni plus fort, ni moins fatigué. Seul ou pas, mon objectif restait le même: sauver ma peau du Grand Manitou. Il n'était pas question que je retourne dans son temple à la con. Comme zombi, en plus.

Nous nous apprêtions à laisser la Forêt des Pins quand une modeste case s'imposa à notre vue. Aucune lumière n'y était remarquée. Une vache attachée devant la porte se mit à meugler en nous voyant. Je lui fis signe de la fermer car ce bruit risquait d'attirer l'attention de mes poursuivants, et de je ne sais qui d'autre. Je faillis avoir une crise cardiaque quand l'animal me répondit. Lorna s'évanouit sur le champ.

« Qui es-tu, maudite créature ?

– Qui es-tu, maudite créature ? répéta la vache. Tu oses me demander qui je suis ? Je suis ton maître, le Grand Manitou.

– Balivernes ! Le Grand Manitou est mort. Le poto-mitan de son ounfò a mis fin à ses jours. J'étais là ; j'ai tout vu. J'ai vu son cadavre. Il est mort ! Il est mort !

– Balivernes, toi-même ! me lança un chat noir sorti de nulle part.

– Oui, balivernes, toi-même ! cria un corbeau du haut d'un arbre. Tu crois être capable d'accomplir une telle chose ? Hein, ignoble créature ? C'est moi qui t'ai créée, je te le rappelle !

– Fiche-moi la paix, bon sang ! »

Je pressai sur la détente sans même prendre la peine de regarder. Quand j'ouvris les yeux, il n'y avait plus rien. Tout avait disparu. Même la case n'y était plus !

L'odeur fétide et écœurante de tout à l'heure refit surface. Elle était encore plus forte. Encore plus lourde. Je me retournai doucement. Une gigantesque créature flanquée d'une dizaine de chiens se dressa devant moi. Je vidai le chargeur sans réfléchir. La bête hurla de toutes ses forces et me gratifia d'une violente gifle. Le coup m'envoya valdinguer. Je lâchai l'arme qui ne servait plus à rien. La créature se mit à marcher dans ma direction. Les zombis qui montaient les chiens également.

Je cherchai Lorna et son partenaire des yeux. Je ne les vis pas. La bête avait l'air affamée. Le mot d'ordre, semble-t-il, n'était pas de me capturer, mais de me faire la peau. L'un des zombis, plus avide que les autres, tenta de devancer la bête. Cette dernière l'envoya valser à l'autre bout du terrain. La bête allait s'emparer de moi, quand une pluie de balles s'abattit sur son corps. Elle s'écroula.

Je tournai la tête. Je vis M. Ce dernier élimina les zombis du Grand Manitou ainsi que leurs montures en un rien de temps. J'étais à deux doigts de crier victoire, quand je remarquai que l'animal reprenait vie.

« M ? »

Ce dernier ne se fit pas prier une seconde fois. Il visa la tête de la bête avec sa mitraillette. La chose explosa. M s'approcha de moi.

« Je ne t'avais pas dit que je t'avais à l'œil ? »

Je souris.

« Oui, tu me l'as dit.

– Lève-toi.

– J'ai quelque chose à te dire. Le professeur, elle a dispa…

– …disparu. Je suis au courant. Elle et mon partenaire ont été enlevés par une sorte de cartomancienne. Je l'ai vue, quand j'étais dans la forêt. Elle vous parlait à travers une boule de cristal. Elle portait une longue robe blanche, et un foulard bleu.

– Adrienne !

– Qui c'est ?

– L'une des femmes du Grand Manitou. C'était donc elle qui me parlait à travers ces animaux. Pourquoi m'a-t-elle forcé à mettre la voile, pour partir à mes trousses après ? Je ne comprends rien.

– Il ne faut jamais se fier aux serviteurs du mal.

– Mince ! Tu vas faire quoi ?

– Mon devoir.

– C'est-à-dire ?

– Découvrir la cachette de la cartomancienne, élaborer un plan, ensuite la butter.

– Je viens avec toi.

– Pas question. Ceci est une autre aventure. Mon aventure à moi. »

Sur ce, il mit les voiles. Je le regardai s'éloigner. Peut-être qu'il avait raison. Peut-être que cette nouvelle aventure n'était pas mienne. Moi, tout ce que je voulais c'était la liberté. La liberté de m'exprimer, de vivre comme bon me semble. Je savais que j'étais encore loin de l'avoir. Qu'il me restait beaucoup de chemin à faire. Mais une chose est sûre, je ne redeviendrai plus jamais un zombi.

RÊVEUR DE REVERS

D. Jean Berthold Civilus

Un après-midi, revenant de mon jardin pour porter le fruit de mes sueurs à la maison, en guise de salutation, je trouvai, attachées à l'extrémité d'une corde, trois têtes se balançant sur la galerie.

Je les identifiai douloureusement – ma femme, Nadia, et mes deux enfants : Macson, quinze ans, et sa sœur Dalina, treize ans.

Et me voilà. A seulement quarante ans, brusquement privé du bonheur d'évoluer en famille, je me voyais déjà vieux. Pourquoi le mauvais sort s'était-il acharné sur moi ? Mes enfants, ma femme n'étaient plus là, avec leur gaité et leur amour.

Cette tragédie ne s'expliquait pas. Il n'existait aucun conflit entre ma famille et les habitants de la zone. Serait-on jaloux de mes animaux, de mes morceaux de terre, du petit commerce de céréales et de légumes monté par ma femme ? De mes enfants qui, à l'école, faisaient preuve d'excellence? Je pleurai ma souffrance au fond de moi pendant longtemps.

Je me creusais vainement le cerveau à identifier la cause de mon malheur. Les voisins s'étaient montrés réconfortants et compréhensifs. Ils eurent beau en discuter, aucune lumière ne se fit sur la question. Alors, je me taisais et n'accusais personne même si j'avais la forte impression que tout avait été planifié non loin du quartier. Je disais que je devais attendre, que ma vengeance viendrait certainement un jour.

Depuis le drame, je vivais seul, pensant nostalgiquement au sobriquet « Jo » que Nadia utilisait à la place de Joseph pour m'appeler. Je ne voulais pas d'autre femme. A mes yeux, aucune nouvelle épouse n'arriverait à me donner autant de satisfaction que celle que j'avais perdue. Je commençai donc courageusement mon veuvage. Pendant trois ans, j'épousai tout simplement mes outils de travail.

Un matin, après m'être lavé, je m'équipai de mon sac contenant ma vieille machette, ma serpette, et partit vers mon jardin. J'en profitai pour jouir de la fraîcheur environnante. Ma maison et celles des voisins, élégamment couvertes de paille, étaient lustrées à souhait sous la rosée. Les plantes éclatantes étaient également rafraîchies. Je pensai immédiatement à la rivière presque totalement desséchée. Tout près, de jeunes enfants s'amusaient. Leur euphorie me rappela Macson et Dalina qui, trop studieux, se détendaient rarement.

Tandis que je fermais la porte après moi, je remarquai un point noir sur le revers de ma main gauche. Je me frottai longuement avec de l'eau savonneuse sans parvenir à l'enlever. Je laissai tomber, intrigué quand même par cette tâche. Elle avait l'air d'un petit grain de pois noir et me donnait la chair de poule à chaque fois que la main droite la touchait.

Dans la cour, assis sous un arbre, la tête baissée, je me souvins du songe que j'avais eu, la veille. La région de Bainet s'effondrait sous l'effet d'un violent séisme, sauf notre petit quartier, l'habitation Tiboss, avait été épargnée. Cela se passait alors que la nuit était profonde et les habitants emportés par Morphée. A un certain moment, la terre tremblait si fort que, pris de panique, les gens se réveillèrent en sursaut et sortirent s'abriter dehors, non sans difficulté. Ne pouvant contrôler le déséquilibre du corps, on se coucha face contre sol, les adultes protégeant les plus jeunes. A chaque secousse, des hurlements, des appels au secours, des cris vers le bon Dieu et les loas. Finalement, tout se calma mais personne n'arriva à fermer l'œil jusqu'au lever du soleil. Nous pûmes alors constater les dégâts. Il ne restait presque plus rien de la région. L'habitation Tiboss était encore miraculeusement debout.

Je pleurais comme un enfant dans le rêve, moi, Joseph, l'homme si courageux qui, malgré la mort tragique de Nadia, ma femme, et de mes poussins, luttait contre la tristesse et la désolation pour survivre. Moi qui étais parvenu à gagner cette terrible guerre psychologique, que pouvais-je désormais craindre ? Avec mes quarante ans sur le crâne ! En fait, ce n'était vraiment qu'un rêve, car dans ma chienne existence, jamais, au grand jamais, je n'avais versé de larmes. Je ne m'expliquais donc pas ce putain de rêve, moi qui n'étais même plus un joueur de borlette pour y avoir récemment perdu une forte somme d'argent. L'appât du gain était parfois tentant pour résoudre les nombreux problèmes économiques et faire plaisir aux siens. Mais... voir disparaître d'un coup le fruit d'un dur labeur, ses dernières économies, guérit de cette folie.

Logiquement, je n'avais aucune raison de jouer au hasard une fois de plus. Alors pourquoi perdre mon temps à réfléchir sur ce rêve qui me plongeait dans la confusion ? Depuis ce matin, mes animaux n'avaient eu à manger que le vent errant. *Et voici que déjà le soleil ouvre grassement ses yeux,* me dis-je en moi-même.

Après avoir bu un coup de tafia, salué mes voisins, remarqué du même coup, à travers mon ombre, qu'il n'était pas loin d'être midi, je me dirigeai vers le jardin où s'ébattaient mes cabris et mon jeune taureau. Je nourrissais ces bêtes pour les vendre bientôt. Ce travail effectué, je sortis et ne m'arrêtai pas en route pour causer. On me prendrait pour un grand paresseux. Et, on le sait tous, les paresseux ne peuvent rien récolter. Mais si je n'avais pas perdu ma famille dans ces tristes conditions, aujourd'hui, je ne m'acharnerais pas à tant me dépenser pour ne plus y penser. Par contre, j'aurais pu être à la maison, juste au moment du drame et sauver ma femme et mes enfants. Autant de questions, qui à la longue, ne m'apporteraient pas la paix… Et je continuai ma route, revivant dans mon être l'affreuse tragédie… Je croisai des connaissances… Un simple petit bonjour. Cela suffisait. J'étais pressé. Oh ! J'avais même oublié de réciter ma prière avant de sortir… Les rayons de soleil commençaient à frapper beaucoup plus fort le paysage. Heureusement, j'avais mon vieux chapeau de latanier, ça me soulageait au moins. Les plantes étaient un peu pâles, le ciel bien bleu. Je voyais des hommes travailler dans les champs, ils se plaignaient du soleil qui voulait les embraser…

Mon vieux compère et voisin, René, travailleur fougueux, était déjà dans son jardin situé près du mien. Il nettoyait quelques grands pieds de maïs. Accroupi à la base des plantes, il enlevait soigneusement les feuilles fanées par le soleil ; il en profitait pour arracher les herbes qui avaient tendance à les étouffer. On aurait dit qu'il les caressait même. Tant il était habile. C'était un type bien tordu dans son petit corps avec des mains épaisses qui savaient gifler Caridad, sa femme, bonne pondeuse d'enfants devant l'Éternel. Elle en avait déjà mis six au monde. René était de petite taille ; il avait souvent un air fâché et ses cinquante ans le rendaient plus grincheux. Il ne venait plus souvent chez moi pour causer ; je ne savais pas si c'était à cause de la diminution de mes biens après la mort de ma famille…

Je saluai mon compère comme d'habitude et m'empressai de lui expliquer mon rêve et l'apparition du point noir sur le revers de ma main gauche. Avant même que je n'aie terminé, il m'interrompit avec la plus grande ironie :

« Ah bon ! Tu nous apportes un autre rêve, mon compère ! Ne serais-tu pas un marchand de rêves? Après nous avoir encouragés à jeter à la borlette le peu d'argent qu'il nous restait, tu reviens nous ennuyer avec tes balivernes. Ça ne va pas passer aujourd'hui.

On ne se laissera pas avoir avec cette histoire que tu as probablement inventée. »

Cela faisait une semaine depuis qu'on avait vraiment causé. On se disait bonjour ou bonsoir ordinairement. Mon compère s'était fâché contre moi parce qu'il avait perdu vingt précieuses gourdes en jouant à la borlette les numéros de mes rêves de la semaine dernière. Depuis, il ne risquait plus beaucoup d'argent, mais il continuait à m'en vouloir et à se méfier de mes numéros. Notre relation n'était plus aussi étroite depuis trois ans mais pourquoi me répondait-il sur ce ton ? J'essayai de l'arrêter pour mieux lui expliquer mais il ajouta :

« Je sais très bien ce que tu as. Ton ventre était bien garni hier soir. »

Il parlait sans sagesse et, abandonnant un instant les pieds de maïs, René se mit debout pour me lancer :

« Oui, je t'ai vu avec ton gros lot de patates sur la galerie de ta maison. Alors, laisse-moi tranquille. Je veux travailler, associé. J'ai pas de temps à perdre avec ces trucs inutiles. »

Quand il eut fini, j'étais si mortifié que j'avalai mes mots et gardai le silence, un grand silence.

« Il a peut-être raison, pensai-je ; à plusieurs reprises, j'ai distribué des numéros de borlette qui ont tous été perdants. A la campagne, l'argent n'est pas facile à gagner. »

Le voisins et moi avions risqué tout notre avoir en un seul tirage mais le jour suivant tous les numéros étaient sortis et les revers au tirage du surlendemain. Jugez de leur désappointement, tous espéraient multiplier d'un coup leur capital et s'enrichir. Après cette triste expérience, ils devinrent plus pauvres et m'en voulurent à mort. Ils m'accusèrent d'avoir planifié leur déchéance. Les invectives de René me revinrent encore :

« Joseph, tu t'es sans doute mis avec le marchand de borlette pour voler notre argent. Tu paieras pour ce que tu nous as fait. »

Tout cela s'était passé depuis un certain temps, pourquoi revenait-il là-dessus ? Ce nouveau rêve n'avait quand même rien à voir avec la borlette.

Tandis que je pensais à tout cela, mon compère René confiait aux curieux ce que je venais de lui raconter. Il le fit de manière très amusante, pour me ridiculiser. Après l'avoir écouté, les passants ne cessaient de me regarder en pouffant de rire. Ils n'étaient pas trop nombreux certes, la zone étant peu fréquentée, mais ils allaient probablement ébruiter ce qu'ils venaient d'entendre. René parlait dans le vide et sa méchanceté ne m'affecterait pas. Je m'en foutais. C'était ma décision.

A signaler que le soleil ne brillait plus et que le vent commençait à faire danser les plantes. Des masses de nuages presque partout envahissaient le firmament. Le temps avait vraiment mauvaise mine.

« Le temps est bien maussade, fis-je remarquer à René qui se battait avec des fourmis. Allons écouter les nouvelles chez compère Jeannot, sur l'habitation Madanblan ! Ils ont des radios là-bas. On ne sait jamais trop. C'est le début de la saison cyclonique, il faut savoir ce qui se passe.

— Non, mon cher Joseph, riposta mon voisin. Sois sans crainte. Il va pleuvoir tout simplement. Rendons gloire à Dieu. Ce n'est pas bien d'être brûlé par le soleil chaque jour. On a vraiment besoin de la pluie pour arroser les plantes, et puis cette affaire de cyclone, je n'y crois pas vraiment. Que la pluie fasse son travail !

— Ça dépend de ce que nous désirons, mon frère, il faut être prudent, ripostai-je quand même.

— Fais ce que tu as à faire mais moi je m'en fous ! conclut-il. »

C'était dur de cogner autant sans parvenir à briser un roc. Tant de coups et répliques. Mes mots n'avaient plus de force. Je persistais trop à le convaincre de se déplacer avec moi pour prévenir les habitants si besoin était. J'avais le sentiment que mon rêve était prémonitoire et que le village courait un danger. Il me fallait écouter la radio de toute urgence.

Je devais emprunter la route passant près du jardin pour aller chez compère Jeannot. Je me mis donc à marcher. A mi-chemin, il commença à pleuviner. J'allais tellement vite qu'après environ trente minutes seulement, j'arrivai à destination. Sur la galerie, les quatre enfants de mon compère regardaient tomber la pluie qui venait de les forcer à abandonner le saut à la corde dans la cour. Jeannot et sa femme, installés sur des chaises en paille, causaient d'un air joyeux.

A peine les avais-je salués que le temps déployait toute sa violence. Le vent et la pluie, joints aux orages, chantèrent toute la nuit bruyamment, et les enfants se tassèrent d'angoisse. J'étais un peu dérangé, étant du genre à me réchauffer le sang dans la cuisine en mangeant un pot au feu. Quand même, je restai une journée entière chez compère Jeannot. Les circonstances me l'imposaient mais Jeannot et sa famille s'en montrèrent ravis. Au fond, je m'inquiétais pour les habitants de mon habitation (Tiboss) et personne n'avait encore de leurs nouvelles. On parla de tout et de rien : de mes voisins, de la pluie qui ne tombait pas depuis des mois, de ma vie après la perte de ma famille… Au fil de la conversation, ils me laissèrent entendre que tout le monde (moi excepté) citait le nom du criminel qui avait détruit ma famille.

« Toi, Joseph ! fit Jeannot, n'as-tu jamais rien deviné ? Ce drame qui te suivra jusqu'au tombeau vient de quelqu'un que tu connais très bien, trop bien même. Réfléchis un peu, mon compère…

– Comment le saurais-je, mon cher ? Jusqu'ici, je n'ai aucune piste et les gens se taisent, mais j'attends ma vengeance et je suis sûr qu'elle viendra un jour. »

Jeannot me jeta un regard lourd et me déclara d'un trait :

« C'est ton plus vieux et proche compère qui a fait le coup.

– Tu parles de René ? m'exclamai-je.

– Bien sûr. Tu en doutes?

– Je ne veux pas le croire ! Ce n'est pas possible! hurlai-je, les mains sur la tête, les yeux agrandis d'horreur.

– Pourquoi te mentirais-je, Joseph ? La plupart des gens de ton quartier le savent depuis longtemps mais étant des hypocrites, ils se taisent. Moi, je souffre de te voir si innocent au milieu de cette jungle. Voilà pourquoi je te le dis finalement. »

Cette nouvelle me donna froid au cœur. Mais comme j'avais déjà remis ma vengeance entre les mains de Dieu, je me gardai d'afficher la souffrance qui me rongeait tout au fond.

Le jour après, le temps se calma. Je pouvais finalement regagner mon habitation.

Éboulement de terrain, inondation, cicatrices d'un vent violent... l'eau et la bourrasque avaient tout emporté de l'habitation Tiboss : Les plantations, les paysans et leur famille. Ce déplacement m'avait sauvé. J'étais très triste, mais je me disais que Dieu, dans sa justice, n'aurait pu laisser ce crime impuni. Cette vengeance me laissa un goût amer mais j'avais le sentiment qu'ils avaient été frappés à cause de leur culpabilité.

Quelque chose me parut toutefois bizarre : le mauvais temps n'avait détruit que notre habitation. Le reste de la région avait échappé au désastre. Ce qui ne correspondait pas exactement à ce que j'avais vu en songe : toute la région de Bainet disparaissait et seul l'habitation Tiboss restait debout. Le contraire s'était produit...

La lumière se fit dans mon esprit : le point noir au revers de la main gauche signifiait sans nul doute que le revers de la médaille se verrait dans le réel. Mes rêves, il faudrait en tenir compte dorénavant. J'en avais la certitude, moi, Joseph, Rêveur de Revers.

LA PIERRE DE CAUCHEMAR
Ruth Myrtille Laferrière

Pour la dernière fois de la journée, Coralie admira la pierre aux reflets changeants. Toute la famille profitait des premiers jours de ces vacances d'été pour bronzer au soleil, barboter dans l'eau, ériger des châteaux de sable et manger avec un appétit aiguisé par l'air marin. Ce matin-là, la voix énergique de sa mère invitait son petit monde à venir pique-niquer, quand à quelques brasses d'elle, un éclat particulier sur la jetée attira son attention.

Curieuse, elle avait obliqué de ce côté au lieu de couper au plus court, s'attendant à voir un fragment banal comme un morceau de miroir brisé. Elle était restée le souffle coupé devant la pierre qui changeait sans cesse de couleur. Un simple regard lui avait permis de constater que nul autre avant elle ne l'avait remarquée. Elle l'avait ramassée avec précaution, l'avait emprisonnée dans sa paume droite puis glissée furtivement dans son fourre-tout avant d'aller se laver les mains.

Elle avait attendu avec impatience le moment où elle serait seule pour la contempler à son aise. Pas question d'en parler à qui que ce soit. Coralie, enfant secrète, montrait des réticences à dévoiler ses pensées. Elle estimait que sa famille ne prêtait pas suffisamment attention à elle, se moquait de ses aspirations, banalisait ses préoccupations. A quoi bon se confier à eux dans ces conditions ?

Une fois de plus, elle se fit à l'évidence que la pierre était parfois plus lourde que ne laissait supposer sa taille et que son poids variait en raison du cours de ses pensées : légère, lorsque l'enfant s'extasiait sur sa beauté, brusquement pesante quand le désir de la garder, de l'enfermer, se manifestait. Coralie n'osait trop y croire. Elle devait sincèrement se tromper. La journée avait été chargée en activités ; elle crevait de fatigue. Un sommeil réparateur lui remettrait les idées en place.

Elle décida de cacher la pierre sous son oreiller, pour être sûre que nul ne lui jouerait la farce de la lui voler pendant la nuit, puis s'endormit paisiblement après une dernière pensée pour son trésor.

En plein sommeil, une sensation étrange la fit sursauter. Elle ouvrit les yeux et essaya d'identifier le motif de ce réveil brutal. Elle constata qu'un rayon de soleil balayait sa joue droite. Elle fronça les sourcils. Il lui semblait qu'elle venait à peine de se coucher. Un coup d'œil à son réveil en forme de tournesol lui apprit qu'il était cependant neuf heures du matin.

Elle ressentit une sorte de brûlure à la joue exposée au soleil alors qu'elle dormait. Elle y jeta un regard en coin et vit une brume bleue s'en échapper. Portant la main à son visage, elle lança un petit cri d'effroi. De larges boursouflures se dessinaient sous sa paume. Une douleur aigüe la porta à sauter du lit. Elle alla se regarder dans le miroir le plus proche.

A sa grande surprise, le miroir parut opaque ! Comme elle ouvrait la bouche pour hurler, elle vit son image s'y esquisser au fur et à mesure. Elle s'empressa d'examiner sa joue en approchant de très près. Elle constata alors que les lésions et la vapeur n'étaient plus qu'un mauvais souvenir. Sous ses doigts, sa joue était redevenue lisse.

Les jambes fauchées par trop d'émotions successives, elle décida de s'asseoir pour faire le point. Que se passait-il donc ? Avait-elle mangé un mets qui lui donnait des hallucinations ? Elle n'ignorait pas que certaines personnes avalaient à leur insu des poisons qui provoquaient une déformation de la réalité. Elle avait mangé en famille et n'imaginait pas qu'un des siens puisse lui vouloir du mal au point de l'empoisonner.

Comme elle réfléchissait sur la manière d'élucider ces incidents, elle constata que le calendrier affichait la date de la veille. Étonnée, car elle se souvenait de l'avoir mis à jour, elle alla l'examiner de très près et réalisa un phénomène incroyable : il ne restait plus que les dates des jours antérieurs. Ce calendrier fonctionnait à rebours si bien qu'en dessous de la date d'hier se lisait clairement celle d'avant-hier et ainsi de suite.

Coralie comprenait de moins en moins pourquoi le monde autour d'elle était devenu si bizarre. Elle décida que pour se rafraichir les idées, rien ne valait une bonne douche. Elle se dirigea d'un pas incertain vers la salle de bains, regardant par-dessus son épaule pratiquement à chaque pas. Jamais le chemin ne lui avait semblé aussi long !

Quand elle arriva sans encombre devant la porte, elle inspira profondément avant de toucher la poignée de la serrure qui ne s'effrita pas sous ses doigts comme elle le craignait. De plus en plus rassurée, elle décida que le mieux serait d'entrer au plus vite dans cette pièce, avant qu'une nouvelle bizarrerie ne retienne son attention, et s'engouffra littéralement dans ce qu'elle prenait pour un refuge. Elle eut tort car… au lieu de sentir le sol sous ses pieds, elle tomba dans un gouffre !

Coralie sursauta et s'assit sur son lit, trempée comme si elle avait plongé tout habillée dans une piscine. Comme dans son rêve, il faisait jour. Elle toucha tout de suite sa joue sans constater quoi que ce soit d'anormal. Elle sentait son cœur battre tellement fort qu'elle n'aurait pas été étonnée de le voir sortir de sa poitrine. Alarmée à l'idée que cette pensée puisse se concrétiser, elle s'empressait de la chasser aussi vite qu'elle lui était venue quand elle constata que son champ de vision s'était rétréci.

Elle distinguait encore la fenêtre, de l'œil gauche, quelques secondes avant, et ce n'était plus le cas. D'une main tremblante, elle décida de toucher son œil éteint puis se ravisa. Elle préférait vérifier ce qui lui était arrivé et se dirigea vers le miroir. Quand son visage lui apparut, elle voulut hurler mais elle était devenue subitement aphone.

A la place de son œil gauche, s'arrondissait un trou comme si l'ophtalmologue l'avait habilement délestée de cet organe pendant son sommeil. Et sa voix ? Pourquoi n'avait-elle plus de voix ?

Elle ne pouvait pas affronter ces problèmes seule. Il fallait mettre ses parents au courant, se réfugier dans leurs bras, les entendre lui dire que tout allait s'arranger. Elle courut vers la porte de sa chambre et se rappelant son cauchemar, décida de ne pas la franchir sans avoir préalablement évalué la fiabilité des lieux.

Sa réaction fut sage car la porte ne donnait plus sur le palier mais… sur une jungle tropicale et un jaguar fonçait droit vers elle, comme s'il avait toujours su à quel moment précis ils se verraient ! Elle s'enferma en un éclair, s'empressant de tout verrouiller.

La porte de la salle de bains s'ouvrit avec fracas, livrant passage à un long python qui rampait en sifflant vers elle comme si elle représentait la proie idéale pour son festin. Son premier réflexe fut de courir à la fenêtre qui, heureusement, montrait le même paysage familier.

Elle s'assit sur le rebord de la fenêtre et, tout aussitôt, une mer de lave apparut au-dessous d'elle. Son siège improvisé disparut comme par enchantement et, malgré ses mouvements désordonnés, une force la conduisait vers des flammes qui, à quelques centimètres, semblaient vouloir la happer pour la réduire en cendres. Coralie perdit connaissance.

Quand elle ouvrit enfin les yeux, l'endroit lui parut étrange. En pleine jungle, une chaleur torride, elle étouffait. Où que se portait son regard, il n'y avait que des lianes. Elle recula jusqu'à s'asseoir sur un oreiller. Certaines lianes, apparemment vivantes, s'accrochèrent à elle et, en deux temps, trois mouvements, elle fut solidement ligotée et bâillonnée.

Ses yeux agrandis d'effroi virent quelques unes de ces plantes grimpantes se transformer en plantes carnivores. Elle les reconnaissait pour avoir suivi un documentaire et se rappela que ce type de plantes mangeaient les insectes qui, attirés par leurs couleurs, s'approchaient trop près d'elle et étaient ensuite retenus prisonniers par la glu de ces dévoreuses.

Ces plantes carnivores étaient infiniment plus grandes que dans son souvenir et les lianes, complices, leur facilitaient la tâche. Ayant étreint un perroquet, lentement mais sûrement, ces dernières le descendaient vers les « mâchoires » de l'une des plantes tandis que les autres se trémoussaient comme si elles réclamaient leur part.

D'un commun accord, toutes se tournèrent vers Coralie. Elle eut la désagréable sensation que son cœur s'arrêtait. Serait-elle leur prochaine victime ?

Elle ne pouvait même pas se débattre tant ses liens étaient serrés. Seuls ses yeux bougeaient ; ils suppliaient de l'épargner. Les plantes carnivores, réjouies, firent claquer leurs mâchoires ; elles se bousculaient pour l'attraper au passage alors qu'elle descendait vers elles. La petite fille n'était qu'à quelques centimètres quand l'obscurité s'installa de nouveau dans son esprit.

« Coralie, encore un peu de potage ? »

Au grand soulagement de Coralie, elle se trouvait à table, en famille. Tous la regardaient curieusement.

Qu'attendaient-ils donc ?

« Ma chérie, es-tu sûre que ça va ? »

Coralie reprit pied dans la réalité. La voix était celle de sa mère et elle semblait assez inquiète. Trop heureuse de se trouver parmi les siens, elle se leva d'un bond et courut se jeter dans ses bras, au risque de lui faire lacher la louche. Sa mère, un peu surprise, lui caressa les cheveux.

Coralie sentit des dents lui mordre l'oreille. Surprise, elle releva vivement la tête. Sa mère était là et la regardait un peu interloquée. Elle se tourna vers les autres et rien sur leur visage ne laissait deviner que quelque chose d'inhabituel lui était arrivé. Elle estima donc qu'elle s'était méprise. Avec tous ses cauchemars, pas étonnant qu'elle ait les nerfs à vif.

Sans mot dire, elle retourna à sa place et tendit son assiette à sa sœur qui la fit passer à sa mère. Pendant qu'on la servait, Coralie fronça les sourcils. Elle jugea bizarre qu'elle soit à table sans parvenir à se rappeler à quel moment elle avait procédé à ses ablutions matinales. Un liquide chaud lui tomba sur l'épaule. Machinalement, elle jeta un regard. Du sang. Et son oreille lui faisait atrocement souffrir.

Elle avait donc été bel et bien mordue quelques secondes plus tôt par sa propre mère ! Quand elle leva la tête, tous les membres de sa famille arboraient un rictus monstrueux et la regardaient avec convoitise. Un filet de salive coulait même de la bouche de son père !

Elle courut à toute vitesse vers la salle à manger et, à sa grande surprise, personne n'essaya de l'en empêcher. Elle comprit tout de suite pourquoi lorsqu'elle retrouva derrière la porte le chien de la famille, en position de combat, aboyant rageusement à sa vue, les crocs grinçants prêts à l'attaquer.

Elle était prise entre deux feux. Ne sachant quoi faire, elle se tordit les mains et fondit en larmes. Comme s'ils n'attendaient que ce signal, les siens se mirent debout et s'approchèrent d'elle à pas comptés. Elle ferma les yeux aussi forts qu'elle le put.

« Coralie, réveille-toi ! »

Une main vigoureuse la secouait par l'épaule. Quand elle ouvrit les yeux, sa mère était là en robe de chambre, assise sur le rebord du lit. Son premier mouvement fut de s'éloigner d'elle. Ce geste fut si vigoureux qu'elle tomba du lit.

« Coralie, tu ne t'es pas fait mal ? s'enquit sa maman d'un ton inquiet, tout en essayant de l'aider à se relever. »

Avant de répondre, Coralie eut le temps de réaliser qu'il faisait encore nuit. Ce seul détail la porta à croire qu'elle était bel et bien réveillée cette fois-ci.

« Viens-tu d'arriver ? demanda-t-elle à sa mère qui la soutenait alors qu'elle se mettait debout.

— Pas vraiment. Cela fait quelques bonnes minutes que je suis à ton chevet, essayant désespérément de te réveiller. Tu dormais profondément mais avais l'air très bouleversée : calme par moments et à d'autres, agitée au point de crier de façon à alerter la maisonnée. Veux-tu que je reste à tes côtés pour le reste de la nuit ?

— Ne t'inquiète pas. Je pourrai me rendormir.

— En es-tu certaine ?

— Oui, Maman, ne t'en fais pas.

— Bien. Bonne nuit alors, lui dit sa mère, l'embrassant tendrement sur le front, sans insister davantage. »

A peine fut-elle partie que Coralie souleva son oreiller à la recherche de la pierre qu'elle avait découverte quelques heures auparavant. Elle était d'un noir d'ébène et un halo sombre l'entourait. A présent, elle effrayait la fillette et sans trop savoir pourquoi, elle reliait la présence de cette pierre sous son oreiller à ses nombreux cauchemars.

S'approchant de la fenêtre, elle la jeta le plus loin qu'elle put, se promettant de partir dans cette direction au petit jour pour la reprendre et la jeter à la mer. La pierre scintilla une fois, deux fois et se ternit.

Coralie soupira de soulagement, persuadée que ses malheurs avaient pris fin. Elle se fit intérieurement la promesse de ne ramasser dorénavant aucun objet, même inoffensif, sans l'autorisation de ses parents.

Elle tomba lourdement sur le lit en se tournant sur le côté droit, puis elle installa confortablement sa tête sur l'oreiller et ferma les yeux, décidée à s'endormir au plus vite.

Peut-être serait-elle moins confiante si elle savait que la pierre qu'elle venait tout juste de jeter ne se trouvait plus à l'extérieur mais bien sous son oreiller...

FIÈVRE ROUGE
Neyssa Demorcy

Vlan! Vlan! L'envoyant valser par terre, Père paraissait hors de lui et l'apostropha en ces termes :

« Quel crétin ! Quel imbécile ! Tu n'accompliras jamais rien de sérieux, pantin ! Jour après jour, la chose des autres ! Contrairement à moi, fils de petits détaillants, aujourd'hui Directeur, toi, comblé dès ta naissance, encadré pour boucler les études classiques, obtenir ensuite un diplôme et te prendre en main finalement, tu ne fais que foutre la pagaille. Tout disparait dans la maison, jusqu'aux bibelots de ta mère. Explique-moi un peu ce qui t'arrive ? Ton attitude est scandaleuse. Dégage ! »

Cael se releva et quitta le salon. Son visage n'exprimait rien – ni honte, ni colère, même pas de l'indifférence. J'entendis ses pas dans l'escalier, puis une porte claqua.

Père se laissa tomber sur le canapé flambant neuf que UPS Cargo avait livré de Paris ce matin même, et rouvrit son journal. On n'entendit plus une mouche voler.

Le salon, style oriental, faisait rêver… L'imagination transportait dans un de ces pays fantastiques… Au Maroc, on s'y croirait presque ! Sdader en bois massif, sculptures et tapis couteux importés d'Afrique et d'Asie, tableaux des plus grands peintres d'Haïti. Nous étions, sans modestie, très riches. Mais aussi immensément ennuyeux de conformisme non déguisé et de voix discordantes. Dans l'atmosphère orageuse de cette maison, nous nous préparions, Père, mon frère Cael, ma sœur Melinda, et moi, à accueillir la nouvelle année sans enthousiasme manifeste.

Quatre années plus tôt, Mère nous avait quittés. Artiste de talent, elle était au sommet de sa gloire lorsqu'elle tomba enceinte de Cael. Fort contrariée, elle s'imposa un régime strict afin de cacher sa grossesse le plus longtemps possible.

Anémie… Palpitations… signes de grande fatigue… œdème des membres inférieurs. Le médecin lui recommanda un repos total et elle dut quitter provisoirement la scène. Elle jura de ne plus avoir d'enfants et se montra beaucoup plus heureuse de retrouver son public après l'accouchement qu'elle ne l'avait été pour accueillir son nouveau-né. De son côté, préoccupé surtout du bien-être de sa chère épouse, Père ne manifesta aucune émotion sérieuse à la naissance de son fils, le tout premier enfant pourtant.

Un an plus tard, mère tomba encore enceinte : Melinda. L'année d'après, un autre « accident » : moi. Ces grossesses successives la déprimèrent au point de la conduire à une décompensation cardiaque. L'ordonnance du docteur fut sans appel : repos strict et traitement à long terme avec, bien sûr, l'arrêt de sa carrière de comédienne.

Quelques mois après l'accouchement, elle s'éloigna de nous. Nous vivions encore dans la même maison ; pourtant, nous ne nous rencontrions que lorsqu'il fallait faire bonne figure devant des invités qui devenaient de plus en plus rares.

Totalement abandonnée et oubliée de son public, elle obligea Père, aux petits soins pour elle, à laisser la ville pour s'installer dans cette maison de campagne, actuellement encore notre résidence. Elle se plaignait constamment, nous rendait responsables de tout ce qu'elle avait perdu.

Lorsqu'elle quitta la maison pour une destination inconnue, je n'avais même pas dix ans. Je fus ce jour-là témoin d'une dispute qui me brisa totalement. Elle fit comprendre à son mari qu'elle étouffait dans cette maison, qu'il lui avait volé son bonheur en lui imposant des enfants qu'à aucun moment, elle n'avait désirés.

Elle voulait divorcer. Après quoi, elle fit ses bagages et partit sans un au revoir.

Maintenant, j'avais quatorze ans et n'arrivais pas à oublier ce départ précipité. Le reste de la maisonnée non plus, mais nul n'en disait mot. Père en était le plus affecté et paraissait, par sa façon de nous traiter, nous accuser de l'abandon de son épouse, celle qu'il ne s'était pas résigné à remplacer.

Après quelques minutes, j'allai m'enquérir des nouvelles de Cael, empruntant l'escalier en bois de chêne sculpté. Je trouvai mon frère affalé dans son lit, les yeux fixés au plafond. Son déséquilibre était évident. Il sursauta en soupçonnant une présence et bougonna :

« Qu'est ce qu'il y a?

– Rien. Tu ne vas pas sortir avec Thomas aujourd'hui ? »

Depuis son seizième anniversaire, un mois plus tôt, la permission lui avait été accordée de rencontrer ses amis en dehors de la maison et il en abusait. Il sortait tous les jours, même après les cours, pour ne rentrer qu'à cinq heures, juste avant le couvre-feu. Thomas, son aîné d'une année, devenu son meilleur ami, l'encourageait de plus en plus à passer outre de toute discipline.

« Il est pris par son travail, me répondit-il. »

Thomas n'habitait pas trop loin et je ne l'aimais pas. Il avait abandonné le lycée pour travailler dans un bar mal famé du quartier. Il me volait mon frère. De plus, selon la rumeur, sa mère et lui pratiquaient des rites diaboliques durant les nuits de pleine lune. Et Cael n'était plus le même depuis qu'il les fréquentait.

« Cael, t'es sûr que tu vas bien ? demandai-je, un peu inquiète. »

Je voulais qu'il s'ouvre à moi, me dise ce qu'il pensait de la vie en famille, Père en particulier, de ses professeurs, des camarades, qu'il me parle enfin comme à une sœur. Mais je fus déçue.

« Je vais bien, Claire. Laisse-moi seul. »

A contrecœur, je l'abandonnai à ses sombres pensées. Je n'avais plus qu'à redescendre et rejoindre Melinda à la cuisine. Assidue et dévouée à la tâche, ma sœur ainée supervisait la jeune bonne qui lavait les assiettes, essuyait la table, veillait à ce que le feu soit au bon niveau, ajoutait les derniers condiments. Melinda était devenue après le départ de ma mère, et peut-être même avant, ma seule maman. Et durant toute ma vie, je n'avais eu que Cael comme père, frère, meilleur ami… enfin, jusqu'à ce qu'il rencontre ce Thomas.

« La nourriture est servie ! annonça Melinda.

— Enfin, râla Père. Sors de ta chambre, Cael, et viens nous rejoindre, tonna-t-il. »

Puis d'une voix plus basse mais ferme :

« Claire, viens t'asseoir. »

D'un pas traînant, Cael arriva bientôt et se mit à table. Nous commençâmes à manger sans entrain. Nous ne priions plus, nous ne nous parlions plus en toute jovialité, ayant perdu les habitudes d'une vraie famille. Les avions-nous jamais eues d'ailleurs ?

La cuisinière rentra et annonça que Thomas attendait dehors. Cael se leva automatiquement, sans dire un mot.

« Où vas-tu, Cael ? Rassieds-toi, tout de suite. C'est parce que tu traînes avec des vauriens que tu en es un, à présent. Je ne veux plus que cela continue. Tu as un prestige à tenir et non pas à ternir. »

Cael se retourna. Dans ses yeux se lisait de la rage. Une rage alimentée par seize années de peur, de douleur, de frustrations et de haine. Une rage qui dénonçait, qui reprochait, qui se révoltait. Une rage trop longtemps contenue. Avant même que mon frère n'ait ouvert la porte, Père se jeta sur lui. Mais plus prompt,

Cael repoussa Père avec une telle violence qu'il alla se fracasser contre le mur. Cael partit ensuite sans un regard.

J'étais là, pétrifiée. C'était bien la première fois que Cael réagissait avec autant de brutalité.

Père se redressa et me gifla avec une telle force que ma mâchoire parut se disloquer.

Melinda me soigna comme elle put. Père ne se montra pas de tout l'après-midi. Cael non plus, d'ailleurs. Melinda et moi commençâmes à nous inquiéter ; ce n'était pas dans les habitudes de Cael d'oublier le couvre-feu. Il était sept heures passées.

« Je vais voir s'il est chez Thomas, proposai-je à Melinda. »

Sans laisser à ma sœur le temps de protester, je mis mon projet à exécution. La rue Danoise était habituellement très achalandée avec son commerce où marchands et acheteurs se croisaient et blaguaient sans arrêt. Les arbres, de chaque côté de la rue, s'entrecroisaient et leurs branches, majestueuses, secouées par le vol rythmé des oiseaux, faisaient du coin un périmètre agréable où gaieté et fraîcheur se donnaient la main. Ce soir-là, pas un chat. Un relent de mystère régnait en maître dans ce semblant de paradis. La petite maison de

Thomas et de sa mère m'apparut soudain tout au fond, au milieu d'arbres enchevêtrés, isolée, dirait-on, du monde civilisé.

A mi-chemin, j'entendis un cri perçant qui, en réalité, sortait de mon imagination. Soudain, le sol commença à trembler... Tous les carnivores peuplant cet univers se mirent à hurler et, en écho, psalmodiaient les oiseaux haut perchés sur les arbres. Ces bruits m'étourdissaient, m'aveuglaient. Je me voyais dans un tourbillon, aspirée par quelque chose d'invisible, incapable de me défendre. Paralysée. Seule. Sans rien pour me retenir. Le vertige me prit et je m'affalai, perdant la notion réelle du temps et des choses...

Brusquement, tout cessa. En titubant, je me dirigeai vers la maisonnette et m'écroulai finalement sous la fenêtre en vue. Une lumière en sortait, trop brillante pour être celle d'une bougie. Je restai quelques minutes sans bouger. Quand enfin je repris mes sens, je me postai devant la fenêtre. Lorsque mes yeux s'habituèrent à cet éclat lumineux, le spectacle qui se déroulait me stupéfia : le corps inanimé de Cael était allongé sur une table — complètement nu et les yeux grand ouverts. De sa bouche coulait un liquide noirâtre ; ses mains pendaient de part et d'autre de la table et du sang lui glissait des doigts.

Ils avaient sacrifié mon frère.

Tous ceux que j'aurais dû rencontrer sur la route étaient rassemblés ici – dansant autour du cadavre, gesticulant, criant, crachant. La mère de Thomas jetait frénétiquement des pincées de cendre, en braillant des mots incompréhensibles.

Je dérapai au milieu des bois, le cœur battant la chamade, les sandales détachées, décollées, sur le point de céder. Terrifiée, j'avais l'impression que des centaines de paires d'yeux me regardaient. Je me cognai aux arbres, ne sentant plus la plante de mes pieds écorchés par les pierres aiguisées, les tessons de bouteilles qui jonchaient le sol. La pluie se mit à tomber violemment et l'orage éclata.

Je montai directement dans ma chambre, me persuadant que tout ce que j'avais vu n'était que le fruit de mon imagination. Durant la nuit, ressentant un malaise, je me réveillai – et c'est là que je vis le fantôme de Cael…

« Claire, tu me reconnais ?

– Oh ! Non, pas toi, Cael, dis-je en pleurant.

– Si j'ai fait ça, c'est pour toi.

– Pourquoi, Cael ? Pourquoi m'as-tu abandonnée ?

– Afin de te protéger éternellement, je devais t'abandonner physiquement.

– Tout est de sa faute : tu n'aurais pas dû écouter Thomas.

– Non. C'est moi qui le lui ai demandé. »

Je continuai de pleurer à chaudes larmes.

« Maintenant que tu n'es plus là, je veux moi aussi m'en aller de ce monde. »

Les yeux de Cael devinrent rouges : il semblait brûler de l'intérieur. Il sourit d'un air mauvais :

« Il paiera… Je te le promets, Claire ! Ils paieront pour tout. »

Il disparut. Je pensai immédiatement à mes parents. Malgré ce qu'ils m'avaient fait subir, je ne voulais pas qu'ils souffrent, car personne ne méritait ce que j'avais vu dans les yeux de mon frère.

En écho à la prédiction de Cael, un cri déchira le silence de la maison.

C'était Père.

Je me précipitai en direction de sa chambre. Devant la porte, Melinda essayait de lui retirer la main du visage. Quand elle y parvint, nous pûmes distinguer une ligne insérant profondément le visage de père. Elle partait de sa joue gauche et atteignait son oreille droite sans manquer la lèvre supérieure. Le sang ne coulait pas. C'était de la chair brulée – la blessure semblait avoir été réalisée par un couteau chauffé à vif.

Melinda courut prendre un morceau de tissu mouillé et lui épongea le visage. Père hurla et rejeta le tissu avant d'empoigner Melinda par le cou, faisant une grimace épouvantable. Melinda se débattit. Je me jetai sur lui. De sa main libre, il m'envoya au mur.

Cael était là ; je sentais sa présence. Il se dégageait une chaleur si intense qu'on suait à grosses gouttes en plein mois de décembre. Père dut remarquer ce changement car il finit par lâcher Melinda et ne bougea plus. Puis, de ses deux mains, il effleura son visage et grimaça de douleur car la chair s'ouvrait. L'ombre de Cael le plaqua alors au lit et le paralysa. Père se mit à crier, mais sa voix baissait de plus en plus sous l'effet de la souffrance et son souffle se fit court. Melinda sortit de la chambre, les yeux révulsés par la peur.

« Cael, arrête ! Ne le tue pas.

– Il doit payer, Claire.

– Oui, mais pas comme ça. »

Je commençai à sangloter.

Soudainement la porte d'entrée s'ouvrit brutalement et des pas précipités montèrent l'escalier. Cael disparut. Père se leva pour tout de suite s'évanouir.

Melinda entra suivie de deux hommes du quartier qui conduisirent Père au centre de santé le plus proche. Nos explications ne convainquirent personne. On prévint Mère.

De la salle d'attente, je la vis entrer directement dans la chambre de Père. Elle n'avait rien d'une femme inquiète de l'état de santé du père de ses enfants mais d'une quelconque connaissance à qui était imposé un déplacement inopportun.

Cael était de retour, porteur de cette fièvre malsaine que j'étais seule à percevoir.

Après quelques minutes, Mère laissa la salle et me heurta au passage. Elle eut comme un flash en me voyant.

« Ah ! Euh… Melinda te ramènera. Tout va bien ; ne t'inquiète pas. Salue ton frère de ma part. »

Avant de partir, elle m'embrassa, mais son baiser était froid, d'une indifférence calculée. Melinda et moi retournâmes à la maison, laissant Père aux bons soins des médecins de service. Je remarquai, toutefois, l'absence de Cael pendant tout le trajet.

« Tu veux manger quelque chose ? me demanda Melinda à notre arrivée, essoufflée par la marche.

– Pourquoi tu restes ici, Melou ? Va-t'en. Ce n'est pas un endroit pour toi.

– Pour toi non plus, Claire, répliqua-t-elle, la gorge serrée, et si je suis encore là, c'est pour toi, sinon j'aurais fait mes valises il y a belle lurette. Je sais que Cael n'est plus de ce monde, pauvre chéri, et qu'il est derrière tout ce qui est arrivé à notre père. Ne me demande pas comment, mais je le sais. Nous ne méritons pas une telle tragédie. Je suis là, Claire… Maintenant, monte dans ta chambre. Bonne nuit. »

Le lendemain, à mon réveil, le flot de souvenirs qui s'empara de moi me fit regretter d'avoir ouvert les yeux. Pourquoi ne pas s'endormir sans jamais plus ouvrir les yeux ? Avoir la possibilité de décider du monde dans lequel on voudrait vivre ? Pourquoi ?

Melinda était dans la cuisine et m'annonça :

« Claire, notre mère vient d'être retrouvée morte dans sa voiture.

– Quoi ? m'exclamai-je, les yeux écarquillés. »

J'eus la sensation désagréable d'une boule coincée dans la gorge. Mes larmes coulèrent.

« Pourquoi elle ? Comment est-elle morte ?

– On a découvert sa voiture brûlée sur la route. Elle y était prisonnière. »

C'était Cael. Il n'y avait aucun doute.

Je me refugiai de nouveau dans ma chambre. Au bout de quelques minutes de réflexion, je me rendis compte, qu'il n'y avait rien à regretter – aucune parole, aucun geste, aucun souvenir – car je n'avais jamais rien partagé avec elle. Je pleurais pour une étrangère. Oui je pleurais pour une mère qui n'avait jamais existé.

« Nous sommes à la fin d'une ère, Claire. »

Cael se tenait derrière moi. Plus déterminé que jamais. La fièvre rouge le poussait à agir comme un psychopathe, en tuant tous ceux qui l'avaient rendu malheureux.

« Cael, tu vas trop loin. Si tu continues, tu ne pourras plus faire marche arrière. Je n'ai envie de faire souffrir personne. Je veux juste qu'on m'aime !

– NON, il faut qu'il paie. Ce soir, justice sera faite, gronda-t-il. »

Il disparut.

« Melinda! criai-je avec force. »

Elle accourut, à bout de souffle.

« Nous devons aller tout de suite à l'hôpital. Cael veut le tuer aussi. »

Melinda fit preuve d'une grande compréhension et très vite nous primes la route.

Mais quelque chose nous intrigua. Une foule occupait la route menant au centre de santé. Les gens parlaient fort, se bousculaient, se chamaillaient, et je discernais dans leur discussion une certaine impatience comme s'ils s'attendaient à un évènement surprenant.

Brusquement, le résonnement d'un clairon pour réclamer silence… Et tout le monde se mit à courir dans la même direction.

Melinda et moi fûmes transportés par la foule jusqu'à la porte de l'hôpital.

Menue et petite, je m'y faufilai. La porte de la chambre de Père était grande ouverte.

Ce que je vis me paralysa : Thomas, sa mère et plein d'autres gens tournoyaient autour de Père. Ils l'avaient suspendu au plafond et chacun, un couteau à la main, lui entaillait la peau. Sa souffrance était telle qu'il hurlait comme une bête éventrée à vif.

Soudainement, la chambre se réchauffa et il fut impossible de respirer, malgré la climatisation qui fonctionnait pourtant.

Cael apparut au milieu de cette scène macabre. Il n'était plus que feu et vengeance.

Il prit possession du corps de Thomas, plongea un couteau dans le cœur de Père qui rendit sur le coup le dernier soupir.

Instantanément, la pièce vibra. Une flamme happa mon frère qui fut transformé en un brasier ardent. Il se débattait et la flamme le brûlait intensément sans le consumer. Tout à coup, Mère – fantôme – déambula à travers la pièce, le visage défiguré par la souffrance et le chagrin, en direction de Père. Elle lui retira le couteau de la poitrine et pressa très fort ses mains sur sa blessure.

Petit à Petit, une lumière intense jaillit d'entre ses doigts et aveugla tous ceux qui étaient présents. Lorsque je pus rouvrir les yeux, Père était debout au milieu de la pièce, bien vivant. Prise de panique, l'assistance s'était enfuie et nous étions seuls, Père, Mère, Cael et moi.

Père n'avait plus aucune coupure; son corps était parfaitement normal. Lui et moi avions le pouvoir maintenant de pénétrer dans le monde défunt de deux des nôtres : Cael et Mère.

Mère serrait Cael dans ses bras en lui murmurant des mots apaisants. Il pleurait. Père s'avança vers eux et, d'un geste spontané, tendit la main à Cael.

« Pardonne-moi, mon fils. J'étais aveuglé tout ce temps et je n'ai pu me rendre compte du mal que je faisais autour de moi. »

Cael regarda Père et, l'espace d'une seconde, la haine se ralluma ; mais elle fut apaisée par la tendresse de Mère.

« Je te pardonne, Père ! dit Cael avec des yeux neufs. »

Mère déclara avec regret :

« La famille, refuge d'amour, se doit d'être préservée. Je ne l'ai su que bien trop tard. Pardonnez-moi, mes chéris. »

Puis s'adressant à Père :

« Il est temps que tu ouvres ton cœur. Pardonne-moi de n'avoir pas compris. Je n'ai aimé que toi mais je n'ai pas su te le montrer. J'étais trop égoïste. »

Alors qu'elle parlait, la main serrée dans celle de Cael, mère et fils commencèrent à disparaître. Cael s'approcha de moi, un sourire paisible au visage :

« Tu ne seras plus jamais malheureuse, petite sœur, et sois en certaine, je veillerai sur toi. »

Je pleurais ; j'avais l'impression de perdre ma moitié. Mais il était enfin en paix, et c'est ce qui me fit plaisir. Mes larmes s'arrêtèrent.

Finalement, le néant les emporta. Père et moi restâmes un instant silencieux pour nous remettre de tant d'émotions.

Père avait profondément changé. Les yeux embués, il me prit dans ses bras :

« Claire, pourras-tu jamais oublier tout le mal que je t'ai fait ? Si tu acceptes de me donner une deuxième chance, je te promets de faire tout mon possible pour me racheter. Je n'étais qu'un pauvre homme aigri et maladroit. Il ne me reste aujourd'hui que toi et Melinda. Pardonne-moi. Je t'en prie. »

En guise de réponse, je le serrai très fort. J'avais enfin un père. Nous nous mîmes à pleurer de joie.

L'air devint léger à respirer. Nous étions heureux et convaincus que désormais nos larmes seraient de joie avec l'amour éclairant nos vies. Je pouvais compter sur mon papa car, finalement, lui, ma sœur et moi, allions être une vraie famille.

L'ÉLUE DE FEU
Mélissa Béralus

Trois mille ans aujourd'hui depuis que les ombres ont conquis la terre…

Je n'étais qu'une toute petite fille quand ils sont arrivés, si sombres, si grands… Au début, ils n'étaient que de rares adeptes, pour devenir, par la suite, de plus en plus nombreux à s'inscrire pour s'engager.

Personne ne voulait croire qu'ils servaient le Seigneur des Ombres. Tous se moquaient d'eux. Même moi. Jusqu'au jour où je fus actrice et témoin…

Le sacrifice avait été affreux : une petite fille née le 26 mars, à minuit, quatre-cents ans après la dernière éclipse du bélier, la nuit tant attendue par tous les convertis. Un des leurs, un prêtre, avait été l'accoucheur et quelques minutes après sa naissance, le bébé avait été poignardé. Ce geste avait ouvert la porte des enfers, d'où était sorti le Seigneur des Ombres… Cette nuit-là, les ombres avaient envahi la terre…

Trois mille ans, trois mille ans de douleur et de torture, trois mille ans de crainte des convertis, de plus en plus zélés… Trois mille ans, au cours desquels la tête du serpent, tatouée au bas de l'œil gauche, avait semé la terreur.

Les rares visiteurs du Palais des Ronces à avoir eu la chance d'y sortir vivants, se disaient destinés à protéger les oracles, lesquels étaient choisis parmi les filles vierges des familles des serviteurs que le Lord surnommait son « troupeau. » Ce privilège n'était réservé qu'aux plus belles. Une fois élues, elles étaient emmenées au palais où elles étaient à la merci des prêtres convertis qui les malmenaient deux jours et deux nuits de suite. Elles devenaient ainsi les « protégées » des anciens oracles et, pendant une période de purification et de conversion, des créatures maléfiques les plongeaient dans un bain brûlant, les frottaient jusqu'à leur déchirer la peau pour leur enlever la moindre souillure.

Durant la Chartra, cérémonie de passation, chacune des jeunes filles était astreinte à tuer sa protectrice, à recueillir son sang et à le boire afin de recevoir son âme. Ce cérémonial les habilitait à devenir Oracles du Lord...

Je suis une de ces jeunes filles à avoir bénéficié de ce soi-disant privilège... Je ne me ferai jamais à cette présence en moi, celle du Seigneur des Ombres. Les autres filles me détestent car je suis sa favorite. Pourtant, à cette seule pensée, mes cheveux se hérissent. Comment peut-on aimer la compagnie de cette *chose* ? Moi je m'en serais volontiers passée.

A mes pieds, cette créature qui avait emprunté un visage humain pour me plaire, baignait dans son sang… Oh, l'extase ! Le seul moment où le Seigneur des Ombres, le Lord des Enfers ne porte pas son armure…

J'avais beaucoup hésité avant de me décider.

Les croyants avaient pris deux-cents ans pour forger cette dague, la seule arme au monde pouvant atteindre le roi du mal… mais les attentats contre lui, de moins en moins répétés, étaient toujours infructueux. J'étais leur dernier espoir, m'avait assurée l'un des chefs croyants pour me convaincre.

« Prends cette dague. Ce soir, il ne manquera pas de venir te voir. Et, au moment le plus crucial… tue-le. Enfonce-lui cette dague dans le cœur ; enfonce-la profondément et, si possible, fais-la tourner. Une fois que tu l'auras tué, nous donnerons le signal et ce sera la guerre. Nous nous battrons, les tuerons… jusqu'au dernier… »

Et je l'avais fait.

Je l'avais poignardé… J'avais enfoncé la dague une dizaine de fois en lui, et à chaque fois, j'avais éprouvé un plaisir hors du commun à le voir mourir, le voir se rétrécir. Même à mes pieds, j'avais continué à le poignarder. Mon visage était couvert de son sang… J'en avais bu quelques gouttes…

Je venais de tuer celui qui depuis trois mille ans avait arrêté le temps pour mieux étendre les ombres sur la surface du monde. Je tendis l'oreille. Dehors, c'était la guerre. Je souris.

« Jusqu'au dernier, avait dit le chef. Ils se battront tous pour la liberté… »

Je me mis à crier. *Il est mort ! Vive la liberté !*

ATTENTION ! TÉLÉ GOURMANDE !

Ruth Myrtille Lafferière

« C'est l'heure de tes dessins animés préférés. Es-tu sûr de ne pas vouloir les regarder avec ton frère ?

— Non, Maman.

— Très bien, mon chéri. Dans ce cas, va t'amuser tranquillement avec tes blocs de construction pendant que je prépare le déjeuner.

— Je vais te construire un beau château !

— Très bonne idée ! J'espère que tu auras le temps de le finir avant que nous passions à table. »

Sally Fontaine soupira en regardant son cadet de six ans, Olivier, courir à toutes jambes pour chercher son jeu de construction. Elle se faisait tellement de soucis pour lui ces derniers temps, depuis qu'il avait déclaré avoir été griffé à l'avant-bras par un tyrannosaure de Petit Pied — dessin animé décrivant la vie d'une bande de petits dinosaures d'espèces différents unis par l'amitié.

Il l'avait cherché dans toute la maison en hurlant de terreur, et avait été très difficile à calmer. Il portait effectivement des traces de griffes sur l'avant-bras droit mais comme il avait tendance à taquiner Mistigri, le chat de la maison, Sally avait tout de suite rendu l'animal responsable de cette blessure.

N'avait-il pas essayé de lui attraper la queue pendant qu'il buvait son bol de lait, juste pour voir s'il parviendrait à ralentir ses mouvements ? Et cette fois où il lui avait carrément tiré un poil de sa moustache destiné à décorer son album de dessin ? Il avait même un soir accoutré le chat de vêtements de bébé parce qu'il faisait froid dehors.

Sally savait donc que son petit garçon avait une imagination débordante, qui l'incitait à prendre des initiatives bien souvent malencontreuses. Mais, elle devait le reconnaître, la curiosité d'Olivier pour son entourage était louable.

Son cœur se déchirait donc à chaque fois qu'elle le voyait faire un détour pour éviter la télévision, même éteinte. Elle hésitait encore à consulter un pédo-psychologue car, selon elle, ce serait admettre qu'il était malade. Or, il n'était pas malade… Son petit garçon était normal, sain d'esprit.

Une de ses amies avait dû interner son unique enfant qui présentait de sérieux troubles de comportements après la mort de son chien. En conséquence, Sally s'efforçait de ne pas trop couver ses deux garçons, inquiète à l'idée qu'un événement en apparence banal, mais mal perçu, puisse affecter le psychisme de sa progéniture.

Son aîné, Antoine, débordait de vitalité, et lui donnait pleine satisfaction. Elle pourrait à l'évidence lui reprocher de trop taquiner son cadet, mais reconnaissait volontiers qu'il l'aimait bien. N'empêche que ses plaisanteries sans cesse renouvelées ne lui facilitaient pas la tâche. Heureusement qu'elle n'était pas seule pour affronter ce problème !

Un sourire lui éclaira le visage à l'évocation de son époux et elle prit plaisir à caresser son alliance à l'annulaire gauche, symbole d'un départ pour le meilleur et pour le pire…

Elle entendit à l'instant son pas ferme et se détourna de la cuisinière pour le voir arriver. Elle était curieuse. Une fois de plus, allait-il deviner ce qui la tracassait ? Ils s'aimaient tant qu'ils ressentaient, sans se tromper, les mêmes émotions et montraient les mêmes préoccupations.

Effectivement, les premiers mots de Michel furent :

« Viens dans mes bras. Je sens que tu as besoin de réconfort. »

Une tendre étreinte et un doux baiser allégèrent le fardeau de Sally.

« Olivier a encore fui les séries de ce matin ? demanda Michel, pour la forme. Ma chérie, crois-tu vraiment que nous pourrons l'aider effectivement sans l'appui d'un spécialiste ? »

Pour toute réponse, Sally soupira et serra son époux plus fort contre elle.

« Plus les jours passent, plus je désespère de voir son état s'améliorer. Notre fils est normal, tu entends ?

– Je n'aurai jamais dit le contraire, je pense seulement que … »

Un cri perçant les fit tous les deux sursauter. Reconnaissant la voix de leur fils aîné, ils coururent au salon et se heurtèrent à Antoine qui s'en éloignait, fou de terreur. Ses yeux étaient grand ouverts et pointant le doigt en direction du poste de télévision, il hurla avant même que ses parents ne l'interrogent :

« La télé est vivante ! »

Et les prenant tous les deux par le bras, il voulut les forcer à courir. Son père, interloqué par son attitude, planta ses pieds au sol pour ne pas bouger. Cherchant la cause de cette agitation, ses yeux s'écarquillèrent quand il vit un tigre ressemblant à Shere Kan, devant le poste de télé, montrer sa denture impressionnante et s'aplatir au sol avant de bondir sur ses proies… eux !

Quelques minutes plus tôt, dans la maison voisine …

« Expérience 450, prototype 30. Mon brave Rustaud devra rester en place devant l'écran de télévision A. Il réapparaîtra par l'écran de télévision B placé à 2 mètres si tout se passe bien. »

Le professeur Armond Debins arrêta l'enregistrement et flatta de la main la tête de son chien, comme pour lui demander pardon de l'exposer à son expérience. Il avait déjà essayé avec des objets inertes puis des animaux, tels des lézards et des souris, qui n'étaient pas tous sortis indemnes de l'expérience : les tout premiers étaient revenus en pièces détachées ou alors manquant un ou plusieurs fragments. Ceux qui s'en étaient sortis avaient vécu en captivité pendant de longs mois pour que le savant soit certain qu'ils ne présentaient aucun trouble décelable. En dernier recours, il avait été forcé d'utiliser son chien comme cobaye. Ainsi, il avait peaufiné son appareil du mieux qu'il pouvait pour diminuer les risques.

Sa dernière invention avait été un appareil permettant de voyager par des postes de télévision et du même coup, de transformer en portails ceux évoluant dans son champ d'action. L'idée lui était venue le jour où quelqu'un avait évoqué l'urgence de transporter rapidement les soldats en temps de guerre. Tous les pays à même d'attaquer sa terre natale avec des armes modernes possédaient des postes de télévision. Pourquoi ne pas donner l'avantage aux combattants de son pays qui atterriraient directement en terrain ennemi par le biais des écrans de télévision disponibles, avec armes et bagages ?

Conscient du danger de l'application d'un tel dispositif, il s'était entouré d'un maximum de discrétion. Le personnel domestique, un couple en service depuis de nombreuses années, avait toute sa confiance. Il abhorrait la publicité et aucun journaliste ne pouvait se vanter de lui avoir arraché un mot au sujet d'une de ses inventions.

Il pouvait encore renoncer. Le hic, c'est qu'il ne voulait pas tester son appareil sur un être humain avant d'en avoir dépisté les éventuels risques. Et utiliser à cette fin son fidèle compagnon le stimulerait à réduire la marge d'erreur, pour épargner du moindre tort ce camarade de longue date. Il avait révisé ses calculs encore et encore, revu les enregistrements des expériences précédentes pour s'assurer qu'il avait comblé toutes les failles.

A ce moment, il entendit un tintamarre provenant indiscutablement de la cuisine. La femme à tout faire pestait contre quelqu'un tandis qu'une cascade d'objets heurtant le parquet – la batterie de cuisine, sans doute – ponctuaient ses imprécations. Des cris de triomphe remplacèrent les malédictions et le savant entendit frapper à sa porte.

Il l'ouvrit pour se trouver face à un Barnabé essoufflé. Son domestique tenait en cage un matou au pelage blanc tacheté de roux. A la vue de l'ennemi, identifié par tous les animaux des expériences antérieures, le chat se mit à cracher, à faire le gros dos et se serait jeté sur lui si Barnabé avait relâché son étreinte.

« Je me suis dit que monsieur aimerait bien utiliser pour son expérience ce chat qui a mangé le ris de veau l'autre jour. »

Barnabé n'en savait pas long mais comme il avait été mis à contribution pour attraper les animaux des tentatives précédentes, il savait que ce chat sans propriétaire – il ne portait pas de collier – conviendrait fort bien. S'il lui arrivait quelque chose, ce serait sa punition pour avoir mangé l'autre jour la viande apprêtée pour le maître, en passant par la fenêtre de la cuisine ré-ouverte accidentellement aujourd'hui. Sa femme avait sans doute oublié.

Le chat en avait profité pour rendre une petite visite à un poisson à l'odeur alléchante.

« Merci, mon ami, répondit le professeur aux anges. Ce chat fera certainement l'affaire. »

Il récupéra la cage qu'il plaça devant l'écran A et reprenant son magnétophone ajouta :

« Changement de dernière minute. Rustaud est remplacé par un matou chapardeur, sans collier. Il est placé dans une cage devant l'écran A et devrait réapparaître dans cette même cage par l'écran B. Je procède à l'essai. »

Encore tout heureux de n'avoir pas eu à sacrifier son chien, Armond fit les derniers ajustements, se protégea les yeux d'une paire de lunettes sombres avant d'enclencher le processus. Une lumière vive en provenance de la télé A éclaira la pièce et engloba le chat qui disparut malgré ses miaulements déchirants tandis que Rustaud filait se cacher sous une table. Une minute plus tard, la télé B éjecta le même chat dans sa cage, toujours fou de terreur. Les 2 postes scintillèrent encore quelque secondes avant de ternir.

« A première vue, le chat se porte bien et est revenu en un seul morceau, commenta Armand dans son magnétophone après avoir éteint sa machine à distance. Je vais lui permettre de souffler un peu, avant de tenter une autre expérience avec la télé B, placée cette fois-ci dans ma chambre à coucher. »

Joignant le geste à la parole, il débrancha la télé B, la souleva et sortit de son laboratoire accompagné de Rustaud. Il ne remarqua donc pas que l'écran A jusque-là sombre, scintillait par intermittence, ce qui fut bien dommage. Ce phénomène l'aurait peut-être porté à annuler la deuxième tentative.

Il revint sans Rustaud qui avait préféré manger sa pâtée à la cuisine. Il constata que le chat s'était un peu calmé. Il le plaça à nouveau devant l'écran A, saisit son magnétophone qui ne put émettre aucun son : le chat avait disparu pendant qu'il avait le dos tourné ! L'appareil avait fonctionné tout seul !

Germaine, la servante, allait connaître la peur de sa vie. Elle aimait bien regarder des documentaires sur les animaux et justement ce matin, il était question de la faune sous-marine, plus précisément des carnassiers. Le narrateur parlait des requins, des accidents survenus quand toutes les précautions n'étaient pas prises sur certaines plages, et Germaine frissonnait à chaque fois qu'elle en voyait un, s'estimant heureuse d'être bien à l'abri.

En quête d'épices dans le placard, elle se détourna un moment de l'écran et se hissa un peu sur la pointe des pieds pour attraper le flacon qui l'intéressait. A cet instant précis, Rustaud qui finissait son repas se mit à aboyer.

Ouvrant la bouche pour l'inviter à se taire, elle constata que le sol était trempé à la place occupée par le chien.

Suffoquée que sa cuisine si bien tenue soit inondée, elle chercha des yeux la cause de ce désastre et faillit s'évanouir. Ce qu'elle voyait défiait l'imagination : l'eau se déversait à partir de la télé et plus grave encore, la tête d'un requin sortant de l'écran lui montrait des dents redoutables!

Germaine hurla de toutes ses forces et quand le requin réussit à se dégager pour atteindre le carrelage, l'instinct de conservation la poussa à tourner les talons et à s'enfuir, le chien la précédant. Elle claqua juste à temps la porte au nez du squale et se jeta dans les bras de son époux, qui venait à son secours. Elle pleurait à chaudes larmes. Rustaud, énervé, aboyait à qui mieux-mieux !

« Que se passe-t-il, enfin, tonna le professeur, sommes-nous dans une maison de fous ? Pourquoi tout ce vacarme ?

– Un gros requin dans la cuisine, hurla Germaine de toute la force de ses poumons, et vous voudriez que je reste calme ? Allez voir de vos propres yeux si vous ne me croyez pas ! »

L'indignation l'aida certainement à mettre sa terreur de côté car elle entraîna son époux par le bras jusqu'à la fenêtre de la cuisine qui donnait sur le jardin. Le savant leur emboîta le pas. Les deux hommes constatèrent qu'il y avait en effet de quoi perdre la tête quand ils virent le monstrueux requin qui se trémoussait et l'eau de mer qui continuait à se répandre sur le sol, avec des algues, et d'autres spécimens de la flore sous-marine.

« Il faudrait éteindre le poste ! estima Armond. Où se trouve la télécommande, Germaine ?

– Près du micro-ondes, monsieur, répondit la femme de charge. »

Germaine fermait à peine la bouche quand elle vit une grosse pieuvre s'extirper de la télé. Elle s'affaissa et Barnabé n'eut que le temps de la soutenir, avant de l'aider à s'asseoir.

« Ce n'est pas le moment de perdre connaissance, tempêta Barnabé en tapotant sans trop de rudesse les joues de Germaine, mais convenez avec moi que c'est trop pour les nerfs d'une femme. Ce n'est pas sa faute si votre expérience a mal tourné. »

Ces simples mots dits sur un ton respectueux eurent raison de la colère du savant qui eut honte de s'être ainsi emporté alors que lui aussi ne comprenait rien à la situation. Pour se racheter, il tendit la main à Barnabé qui n'hésita pas à l'accepter. Ils échangèrent une solide accolade alors que Germaine, tout doucement, reprenait ses esprits.

« Au travail, Barnabé ! Il nous faut cette télécommande pour éteindre la télé, et peut-être tout arranger, reprit énergiquement le savant.

— Qui selon vous, va se risquer à la récupérer ? demanda Germaine, d'un ton agressif. Pour atteindre la télécommande, il faudra passer à côté du requin qui en profitera assurément pour croquer la jambe de l'imprudent !

— Excellente question, admit Armond, avec beaucoup d'hésitation dans la voix. »

Il n'avait plus l'âge de faire des acrobaties mais répugnait à ordonner à Barnabé d'aller se mettre en danger sous les yeux de sa femme. Et pourtant, il devait prendre une décision.

« Je vais le faire, monsieur, déclara soudain Barnabé. Je sais que vous prendrez bien soin de ma femme s'il m'arrive quoi que ce soit.

— Je ne te laisserai pas y aller, pleurnicha Germaine en s'accrochant à lui. Tu veux donc mourir dévoré sous mes yeux ? Empêchez-le d'y aller, monsieur, je vous prie ! cria-t-elle, hystérique. »

Pendant ce temps, chez les Fontaine …

Le tigre avait sauté par-dessus le fauteuil le plus proche. Un deuxième bond… et il attraperait ces maudits humains… Mais la porte lui fut claquée au nez.

Furieux, il entreprit de la lacérer tandis que derrière, les habitants des lieux haletaient à la vue des griffes entaillant la porte comme une vulgaire feuille de papier.

« Sally, sauve-toi avec les enfants pendant que je bloque la porte ! cria Michel.

– Pas question, refusa sa femme. A deux, nous réussirons plus facilement à traîner des meubles lourds ; nous aurons un peu de répit pour appeler les secours.

– Maman, est-ce que le tigre va nous manger ? »

Cette voix tremblante força Sally à se retourner. C'était Olivier qui venait de poser la question tandis qu'Antoine, immobile, regardait fixement la porte, et semblait ne pas pouvoir prononcer un seul mot.

« Approchez, mes chéris, murmura Sally d'une voix tendre en les attirant à elle. Je veux que vous sortiez de la maison, tous les deux.

– Et toi, et Papa? interrogea Olivier.

– Papa et moi vous rejoindrons très vite, promit-elle en lui caressant les cheveux.

Antoine, ajouta-t-elle, je sais que ce n'est pas facile pour toi, mais tu es l'aîné et j'aimerais pouvoir compter sur toi pour veiller sur ton frère jusqu'à ce que nous soyons tous réunis à nouveau. »

Antoine ne réagit pas et Sally soupira.

« Ne t'en fais pas, Maman, je resterai bien sagement avec Tony.

— Restez bien ensemble surtout, leur recommanda-t-elle une dernière fois. Nous vous rejoindrons vite.

— Viens avec moi, sinon j'aurai peur, dit Olivier à Antoine, en lui tendant la main. »

Cette phrase provoqua un déclic chez ce dernier et il accepta la main de son frère avant de courir à ses côtés jusqu'à la porte d'entrée qu'il ouvrit avec empressement. Son premier regard fut pour la maison voisine. Ses habitants n'étaient pas très cordiaux mais c'était la maison la plus proche et peut-être pourrait-il leur demander de l'aide. Il fut très surpris de les voir tous les trois derrière une fenêtre, ne semblant pas s'entendre sur un sujet.

« Il faut appeler la police et rejoindre les enfants, conseilla Michel à sa femme qui venait de l'aider à tirer la table de la salle à manger, nous ne pouvons rien faire de plus pour l'instant.

– Mon portable est à la cuisine, répondit Sally qui y courut. »

Une mauvaise surprise l'attendait : elle n'avait pas de réseau ! Que se passait-il donc ?

« As-tu pu les rejoindre ? interrogea Michel en la voyant revenir.

– Impossible. Pas de réseau.

– Comment ? Je vais chercher le mien. Sors rejoindre les enfants. »

Il leur sembla que la porte continuait à céder malgré les meubles.

« Je t'attends ici. Dépêche-toi ! »

Voyant que Sally n'avait pas l'intention de bouger, Michel gravit l'escalier qui menait à leur chambre commune quatre à quatre et entra en trombe. Son portable était posé sur la table de chevet.

Il s'en empara et sortit aussi vite qu'il était entré.

Ce n'est qu'arrivé près de sa femme qu'il osa jeter un coup d'œil à l'écran de son portable pour réaliser que lui non plus n'avait pas de réseau Au même moment, la table glissa dans leur direction. L'échafaudage commençait à céder.

« Sortons vite et appelons de chez les voisins, recommanda Sally en reculant d'un bond. »

Elle agrippa le bras de son mari et ils coururent tous les deux vers la porte d'entrée qu'ils verrouillèrent du dehors. Les enfants les rejoignirent aussitôt et Antoine déclara en se jetant dans les bras de sa mère :

« Il semble que chez notre voisin, il se passe également un événement bizarre. »

Une simple haie les séparait des voisins ; Michel et Sally purent aisément constater que les trois habitants de la maison semblaient se disputer devant une fenêtre.

« Allons les rejoindre, car nous avons besoin de leur téléphone, conseilla Michel. »

Il saisit la main de son aîné et sa femme en fit autant avec le cadet.

Le quatuor se présenta à la grille du savant et Michel sonna vigoureusement.

« Vite, ouvrez-nous ! Nous avons besoin d'aide ! »

Renfrogné, Armond franchit l'espace qui le séparait de la grille et demanda :

« A-t-on idée de faire un tapage pareil à la porte des gens?

— Monsieur, s'il vous plaît, expliqua très vite Sally, il y a un tigre dans notre salon et nous n'arrivons pas à téléphoner à la police avec nos portables ! Il faut nous laisser entrer et appeler de chez vous !

– Maman vous dit la vérité, monsieur, ajouta Antoine. Le tigre est sorti de la télé tout comme le dinosaure qui a attrapé mon jeune frère la semaine dernière. »

L'aveu de l'aîné contraria les parents. Ils craignaient que leur voisin ne les prenne pour des fous, mais à leur grande surprise, M. Armond s'exclama :

« Chez vous aussi ! C'est plus grave que je ne le pensais. Venez vite !

– Comment, chez nous aussi? Que voulez-vous dire? s'enquit Michel, une fois la grille refermée.

– Je n'ai pas le temps de vous expliquer. Sachez que…

– Monsieur, ils ont disparu, hurla Germaine à tue-tête au même moment.

– Comment ! s'écria le professeur. Et il rejoignit le couple au pas de course, suivi par la famille Fontaine au grand complet. Tous purent voir le sol de la cuisine inondé mais sans aucune créature dangereuse.

– Je vais interrompre l'électricité dans la maison pour plus de précautions. Attendez-moi. »

Il les planta là, tandis que le couple des Fontaine se tournait vers Germaine et Barnabé, prêts à les éclairer sur ce qui venait de se passer.

CŒUR DE PIERRE
Antoine Lefranc

Il était à peine dix heures du matin quand un pick-up de la gendarmerie stationna au parking de l'aire des tertres. La conductrice en ouvrit la portière pour se diriger vers cette voiture abandonnée dont la présence avait été signalée par les riverains. D'après eux, cela faisait trois jours qu'elle était stationnée ici, au beau milieu de nulle part, en pleine région du Centre. La portière était ouverte, les clés sur le contact et personne à l'intérieur. Seule une feuille A4, couverte de lignes d'écriture, reposait sur le siège conducteur. La gendarme s'en saisit et commença à lire en silence.

Je ne sais combien de temps il me reste. Cela peut se compter en secondes, en minutes, en heures… Que sais-je !

J'espère juste que j'aurai le temps de finir ce récit avant…

Mon ami Charles et moi sommes étudiants en histoire. Pour notre mémoire de licence, nous avions décidé d'étudier à fond la persistance des rites païens dans les milieux ruraux. Cela nous passionnait ; mais nous nous heurtâmes à une difficulté de taille : la plupart des rites païens, encore pratiqués aujourd'hui, n'étaient que du folklore à bon marché dépourvu de croyance profonde, juste destiné à attirer les touristes, amateurs d'ésotérisme.

Nous désespérions de trouver un cas d'étude digne d'intérêt, quand Charles vint un jour me voir, l'air enthousiasmé. Il avait été contacté par une femme du nom d'Héloïse, guide touristique de la région de R., qui voulait nous aider véritablement. Elle nous proposa d'assister à un ancien rite païen organisé chaque année dans sa région. Cette invitation tombait du ciel. Comment avait-elle été au courant de nos recherches ? Nous l'ignorions. Je rappelai Héloïse, et nous fixâmes un rendez-vous pour le lundi 16 décembre, au parking de l'aire des tertres.

Lorsque nous arrivâmes sur place, Héloïse nous attendait. Souriante, debout près de son véhicule. Une fois les présentations faites, elle nous avertit que nous aurions à marcher et remit à mon ami et moi, un équipement pour faire du trekking. Nous la suivîmes alors sur un sentier étroit, tout en discutant de ce fameux rite païen.

Je n'avais jamais vu un paysage aussi désertique. Rien que de la terre et de la neige, comme si toute vie y avait été bannie. En marchant, Héloïse nous conta les légendes de ce lieu. Ses explications furent les bienvenues, car même en fouinant dans la bibliothèque de la faculté, Charles et moi n'avions strictement rien trouvé : nulle part il n'était fait mention d'un rite païen dans cette région.

Héloïse nous expliqua aussi que d'après la tradition orale, la vie dans cette contrée était jadis très heureuse. Les habitants vivaient dans la joie, sous la bénédiction de la divinité locale. Mais peu à peu, ils s'étaient détournés de leur culte jugé archaïque. Alors le malheur s'abattit sur la région : les récoltes saccagées par les cyclones, les animaux frappés d'épidémie, et peu à peu les habitants disparurent mystérieusement.

Comprenant qu'ils subissaient la malédiction d'un dieu jaloux, les paysans dressèrent un monument en son honneur afin de l'apaiser. Cette légende avait perduré, et depuis le rite païen consistait à venir se prosterner devant la statue afin que le mal ne rejaillisse pas.

Charles et moi fûmes quelque peu déçus : cette légende de contrée maudite, de même que l'histoire de ce rite étaient très répandues à travers toute l'Europe. Cependant, nous cachâmes notre déconfiture et continuâmes de marcher, une heure durant.

Enfin, nous aperçûmes à une centaine de mètres, une pierre dressée, qui tranchait avec la monotonie du paysage. Massive, elle correspondait davantage à un menhir taillé qu'à une véritable statue. En nous approchant cependant, nous constatâmes des runes gravées sur sa face nord. Nous demandâmes à Héloïse leur signification.

« Courbe-toi ou disparais, nous répondit-elle en s'agenouillant. »

Elle apposa ses mains contre la pierre, et resta ainsi immobile pendant une minute. Enfin, elle se releva, et nous refîmes le chemin en sens inverse.

Arrivés au parking, Héloïse nous avoua alors qu'elle ne nous avait pas expliqué le rite dans sa totalité : il était de coutume qu'à la fin de chaque siècle, deux étrangers soient conduits au monument pour y être sacrifiés en l'honneur de ce dieu jaloux.

Nous comprîmes alors que nous avions été bernés et qu'elle nous avait conduits ici uniquement pour répondre à ce rituel de fin de siècle. Nous lui demandâmes alors, anxieux, quel sort nous attendait. Héloïse sourit et nous expliqua très froidement que l'on était censé disparaître, purement et simplement, puis elle éclata de rire, comme voulant se moquer de nous.

Nous la remerciâmes pour cette balade et les récits fantastiques. Héloïse rejoignit son véhicule. C'était une voiture de service. Elle nous expliqua qu'elle était gendarme et guide d'occasion, car il n'y avait hélas pas assez de touristes pour justifier l'utilisation d'un guide à plein temps. En plaisantant, je lui promis de l'appeler si jamais nous constations notre disparition. Elle rit de bon cœur et démarra.

Je me tournai alors vers Charles afin de débriefer, mais je m'aperçus que celui-ci n'était plus là. Croyant à une mauvaise blague, je retournai sur le sentier mais ne l'aperçus pas. Nullement inquiété, je décidai de regagner la voiture : Charles jaillirait bien de sa cachette au moment où je démarrerais. Confiant, je mis la clef sur le contact, mais m'aperçus avec horreur que la jauge d'essence était vide : un malfaiteur avait dû profiter de notre escapade pour siphonner mon réservoir ! Je tentai alors d'utiliser mon téléphone portable, mais il n'y avait aucun réseau. Pris de panique, je sortis alors de la voiture pour appeler à l'aide. C'était inutile : j'étais au beau milieu de nulle part.

En attendant un éventuel secours, j'ai donc transposé ces derniers évènements par écrit. Charles n'est toujours pas reparu. Si c'est une blague, elle n'est vraiment pas dr...

Le récit s'interrompit là. La gendarme eut un sourire cynique, puis sortit un briquet de sa poche.

« Va rejoindre ton auteur, déclara doucement Héloïse en approchant la flamme du papier qui ne tarda pas à disparaître. »

DÉMON D'UN JOUR

Cressy Esmeralda Louis

Il ne pouvait identifier le lieu où il se trouvait. Des têtes de mort s'étalaient sur les étagères en guise d'ornements et pleins d'autres grigris dont il préférait ignorer les origines. Au fond de la pièce, un homme était assis devant une table, sur laquelle on distinguait une feuille, une plume d'oiseau et un encrier en forme de crâne. Il lui fit signe d'approcher, et quand Bastien le vit de plus près, il remarqua ses étranges bijoux et en conclut tout de suite qu'il était chez un sorcier. Bastien se demandait comment il était arrivé jusqu'ici puisque, quelques moments plus tôt, il était dans son lit.

« Bien sûr, se dit-il, je suis en train de rêver. »

Il prit une chaise et s'assit comme le lui demandait l'individu.

« Je connais tous tes problèmes, mon gars, déclara celui-ci d'une voix traînante. Et j'ai la solution entre les mains – là, devant moi. En effet, ce contrat est la solution à tous tes malheurs. Personne n'osera se mettre au travers de ton chemin, et ceux qui le feront le payeront par le sang. »

Bastien l'écoutait sans dire un mot, comme hypnotisé par sa voix.

« Tout ce que tu as à faire, c'est de signer, précisa l'inconnu. »

Comme un automate, Bastien prit la plume et signa. Soudainement, la pièce se mit à tourner, et Bastien tanguait de droite à gauche alors que l'individu restait de marbre. Une douleur insupportable le saisit au niveau de la poitrine et de la tête, et bientôt cette douleur se propagea dans tout son corps. Sur un cri strident, il perdit conscience.

Il se vit comme un énorme et étrange oiseau, survolant la ville de Port-au-Prince, ses avenues et ses ruelles, avec des battements d'ailes rapides, le cou replié et les pattes gigantesques tendues à l'arrière. Il se sentait à son aise, plein de puissance, comme si le destin du monde reposait entre ses mains.

Son réveille-matin n'arrêtait pas de retentir. Bastien ouvrit peu à peu les yeux, essaya de se lever, mais retomba lourdement sur le lit, épuisé. Il jeta un œil autour de lui : il était dans sa chambre. Donc cela avait bel et bien été un rêve. Complètement nu (ce qui ne manquait pas de l'intriguer), il se redressa lentement. Et, une fois sur son séant, ce qu'il vit le laissa béat.

Des plumes d'oiseau – comme ceux de son rêve – recouvraient le sol taché de sang et, au milieu de ce spectacle insolite, se trouvait le contrat signé en lettres rouges. Stupéfait, il eut froid. Le sang s'en allait de son visage. Il se leva, prit le contrat, et le relit attentivement. A mesure qu'il parcourait la feuille des yeux, il sentait le ciel lui tomber sur la tête. Dans son pseudo-rêve, le sorcier (car il en était sûr maintenant que c'en était un) n'avait pas mentionné cette clause : il avait vendu son âme au Diable. Le contrat le disait explicitement ; ses désirs, une fois réalisés, l'âme de Bastien appartiendrait éternellement au démon qui pourrait en faire usage comme bon lui semblerait. Autant dire l'esclavage assuré. Il devait à tout prix trouver une solution pour annuler ce contrat.

Bastien se creusa la tête pendant des heures. Que faire ? Se rendre chez un autre sorcier ? Il décida d'appeler un ami qui fréquentait souvent ce genre de milieu. Sans poser de questions, Luc lui donna une adresse. Bastien ne perdit pas une minute ; il attrapa les clés de sa voiture et se mit en route.

Alors qu'il se garait devant une petite maison typique de Kenscoff – chaumière en terre battue avec un toit en tuile –, l'appréhension le gagna. Il avait bien imaginé ce qu'il dirait au prêtre, et pourtant, là, tout lui échappait. Une force invisible semblait l'empêcher de continuer. Mais, se dit-il, il devait aller jusqu'au bout, car le salut de son âme en dépendait. Il prit son courage à deux mains et avança. Le pas lourd, il finit par atteindre la porte, malgré cette force qui le tirait vers l'arrière. Avant même qu'il ne frappe, la porte s'ouvrit largement et un homme du troisième âge, le dos courbé par le poids des années, s'y tenait, regardant Bastien avec insistance, comme lisant au plus profond de lui-même.

« Toi, mon gars, tu t'es fourré là où tu n'aurais pas dû et maintenant tu es dans le pétrin jusqu'au cou ! »

Cet homme pouvait-il effectivement lire en lui ?

« Et c'est justement cela qui m'amène ! J'ai besoin de votre aide pour sortir de ce piège dans lequel je suis.

– Je sais. Rentre donc. Je verrai ce que je peux faire pour toi. Mais sans garantie aucune, car ce trou dans lequel tu t'es enfoncé est vraiment profond, et c'est dangereux de s'y aventurer. Te sens-tu capable d'affronter les épreuves qui t'attendent avant les douze coups de minuit ?

– Oui ! Je ferai tout ce qui est en mon pouvoir pour y parvenir.

– Qu'il en soit ainsi. Seulement, gare aux conséquences. »

Quand Bastien pénétra dans la maison, une forte odeur vint l'incommoder. Il renifla et se rendit compte que c'était de l'encens. Depuis quand ce parfum lui était-il, à ce point, intolérable ?

Il s'assit en face du prêtre, qui n'arrêtait toujours pas de le fixer. Il remua sur sa chaise, un peu gêné par l'inspection dont il faisait l'objet. Le prêtre finit par prendre la parole et lui déclara :

« Tu as de la volonté, mon gars. Si t'as pu continuer ton chemin jusqu'ici et entrer dans cette pièce, c'est que t'es un homme fort. Et ça, crois-moi, c'est un plus pour toi dans cette affaire. J'ai pris mon temps pour bien t'examiner; je vois que tu as signé ce contrat sans vraiment savoir de quoi il s'agissait. Tu t'es fait berner en quelque sorte. Tu m'as dit que tu ferais n'importe quoi pour te sauver malgré les conséquences y relatives ?

– En effet.

– Il y a bel et bien une solution pour y remédier. Mais je dois te dire que cette voie est dangereuse, très dangereuse même.

– Peu importe ! Mon âme vaut plus que tout. Dis-moi ce que je dois faire !

– Ce contrat a été fait par du sang versé et sera également annulé par du sang versé. Le sang en est donc la clé, le sang humain… évidemment.

– Quoi ! ? Je dois tuer pour échapper à cette malédiction ?

– C'est la seule solution. Ton âme compte beaucoup pour le diable, je ne sais trop pourquoi. Comme on dit : une âme perdue, dix de retrouvées. Chaque fois que tu tueras quelqu'un, son âme appartiendra au démon. Dix âmes annuleront ton contrat et sauveront la tienne.

– Je ne suis pas un assassin ; mais c'est un sauve-qui-peut et sans nul doute la dernière solution qui s'offre à moi. Combien de temps me reste-il avant que mon âme n'appartienne au diable ?

– Pour la plupart des cas, une marge de vingt-quatre heures existe entre la signature et l'annulation. Donc tu as jusqu'à minuit – onze heures – pour trouver dix âmes. La dernière heure sera consacrée à la cérémonie. Je te conseille de te mettre en chasse immédiatement. »

L'homme n'eut pas besoin de le lui répéter ; Bastien était déjà devant la porte, en direction de sa voiture. Il se sentait moins affaissé. Il ne lui restait qu'une seule chose à faire. Oui, c'était condamnable d'enlever la vie à quelqu'un, mais il n'avait pas trop le choix. Il décida de se rendre à son boulot. Il était sûr d'y trouver les personnes qui feraient l'affaire.

Directeur adjoint d'une des usines du parc industriel, sa récente promotion lui avait valu beaucoup d'ennemis et ces envieux répandaient depuis de fausses rumeurs sur son compte. Il se méfiait de ces hypocrites qui lui offraient sourires et compliments à longueur de journée. Quelle bonne occasion de s'en débarrasser !

« Je ferai ainsi d'une pierre dix coups, marmonna-t-il en éclatant soudainement de rire. »

Il s'installa dans son bureau, une liste d'employés en main, décidé à sélectionner suivant ses propres règles. Oh, l'embarras du choix ! Le plus dur, cependant, était de trouver une excuse pour les attirer dans son piège.

Il finit par faire appeler dix employés pour une réunion d'extrême urgence à son bureau. Quand les sélectionnés, bien au complet, furent réunis, il leur adressa la parole en ces termes :

« Mes chers amis, je vous ai convoqués pour vous faire part d'une excellente décision, d'une nouvelle qui vous fera plaisir. Vous êtes les dix meilleurs employés de cette usine, et j'ai l'immense joie de vous annoncer que vous avez été choisis pour promouvoir les dix nouveaux départements créés en vue de l'extension des activités.

– Oh, mon Dieu ! Quelle bonne nouvelle ! s'exclamèrent-ils en chœur, serrant l'un après l'autre la main de Jacques pour le remercier. »

Si vous saviez le service que vous vous apprêtez à me rendre, ce serait plutôt à moi de vous remercier, se dit-il en son for intérieur.

Les convaincre de le suivre fut plus facile qu'il ne l'avait cru. Les pauvres imbéciles étaient si heureux de recevoir une promotion qu'ils ne posèrent aucune question au sujet de cette soi-disant extension. Ceux qui avaient une voiture se chargèrent des collègues moins pourvus. Ainsi, Bastien put faire la route seul, ce qui lui permit de tout planifier. Ils roulèrent pendant un bon moment. Finalement Bastien se décida pour un ancien magasin abandonné depuis des années. Il y avait travaillé pendant des années avant d'opter pour cette usine où il venait d'être promu directeur adjoint, quelques mois après son arrivée. Il y connaissait chaque recoin par cœur. Ainsi donc, si l'un d'entre eux décidait de se cacher… ce serait pratiquement impossible.

Ils arrivèrent enfin, et se rassemblèrent dans une vaste pièce poussiéreuse. Les employés se posaient maintenant des questions à voix basse, et Bastien, resté en retrait, se sentait comme un prédateur guettant sa proie.

L'excitation du moment lui montait à la tête, et une vive chaleur se répandait en lui. Ses sens étaient plus aiguisés – il pouvait entendre les battements de leurs cœurs, lire dans les yeux de certains leur appréhension... Et il en était heureux ; un certain pouvoir gagnait son être. Ne pouvant plus contenir son impatience, il se transforma. Son plumage bleu marine était magnifique, ses griffes longues et tranchantes. Il n'avait pas la tête d'un oiseau mais celui d'un loup. Il avança très lentement pour les prendre par surprise et jouir ainsi de leur désespoir. Il ne s'était jamais senti aussi bien.

D'un coup de griffes il blessa le plus proche. Un jet de sang, un cri de terreur, un fracas... Les autres, alertés, se retournèrent, demeurèrent pétrifiés, les yeux grand ouverts, la bouche béante... Avec des gloussements de joie, la créature se jeta sur eux avec forts coups de griffes et de mâchoire.

Une sacoche passée autour de son cou (pour plus de sûreté), il décida de se rendre immédiatement chez le sorcier. En proie à une grande excitation, il perdit le contrôle du volant sur la route de Kenscoff. Le démon en lui, cependant, pressentant le danger, l'avait éjecté de la voiture au moment où elle se dirigeait vers un précipice.

Quand il se releva, il vit à quelques pas de lui un homme blanc, la tête baissée, la peau flagellée, les vêtements en haillon, en piteux état. Instinctivement, Bastien se méfia de cet individu. Quelque chose lui disait que l'inconnu était là pour lui – pour l'empêcher d'atteindre son but. Quand l'homme leva la tête, ses yeux aussi rouges que le sang fixaient étrangement Bastien sans vraiment le voir. Ce dernier, effrayé, les jambes à son cou, courut à perdre haleine, l'inconnu à sa suite. Conscient du danger, sans perdre un seul instant, au risque d'être vu, il se transforma et s'envola. Son objectif : rejoindre à tout prix la maison du sorcier afin d'échapper à l'homme blanc aux yeux de sang.

Il finit par y arriver. Là, il reprit son apparence humaine, la sacoche toujours à son cou. Tout comme à sa première visite, une force le tira à l'arrière et, tout comme la première fois, il continua à avancer et frappa. Comme personne ne venait ouvrir, il poussa doucement la porte.

Ce qu'il vit le stoppa net : le corps du sorcier gisait par terre. Et sur la chaise près du réchaud *bip ti chéri* se tenait l'autre sorcier – celui de son rêve – l'homme blanc à ses côtés. C'était comme si la terre venait de s'ouvrir sous ses pieds ; il plongeait dans les ténèbres, perdu, réduit à néant, les yeux du sorcier absorbant les siens. Tout comme dans son rêve, il était hypnotisé par cet homme ; il ne pouvait détacher son regard du sien, et il en était terrifié.

« Tu pensais vraiment pouvoir nous échapper, mon gars ? Depuis ta naissance, tu nous appartiens. Et comme tout le monde le sait on n'échappe pas à son destin.

– Mais, comment?

– Ton père, avant toi, avait passé un contrat avec nous. L'enjeu, c'était toi. L'heure a sonné.

– Et maintenant nous venons réclamer ce qui nous était dû depuis si longtemps. »

Au même moment, Bastien, figé sur place, sentit la terre trembler sous ses pieds, et petit-à-petit le sol s'ouvrit. La pièce se mit à tourner autour de lui, et son corps en devint meurtri. Dans une douleur insupportable, il se transformait – inéluctablement. Il essaya de maintenir sa forme humaine. En vain. Il était perdu, dépassé par les événements.

« A partir d'aujourd'hui, lui déclara le sorcier, aucun renoncement n'est possible, tu seras à notre service pour toujours. »

Oh, mon Dieu ! Il avait échoué. Son âme appartenait au diable et il était maintenant à sa merci pour l'éternité. Démon pour un jour… démon pour TOUJOURS !

ZAGRIBAY
Fenley Cius

Dupoux, une enveloppe en main, entra dans le bureau de Vava, le directeur de la radio. Ce dernier, qui parlait au téléphone, s'arrêta un instant pour lui dire avec une certaine anxiété :

« Dupoux, va vite faire ta valise. Tu pars ce soir.

– Et pourquoi, monsieur le directeur? s'inquiéta l'interpellé. »

– Parce que tu dois rester en vie, mon cher Dupoux ! Mazouba a mis un commando à tes trousses. Il te reproche de t'être moqué du gouvernement sur les ondes. Il te faut vite disparaître ! »

Dupoux hocha la tête. C'était un mulâtre – fruit d'un viol perpétré par un grand industriel venu en croisière dans l'île, sur un superbe bateau : Le San Francisco. La mère de Dupoux, analphabète, sans relation aucune, ne pouvait inquiéter le caucasien ventripotent à la tête chauve et aux dents de vampire. L'industriel, après dix jours à boire de l'eau de coco, à passer du bon temps, avait laissé le pays paisiblement, sans un regard en arrière.

« Monsieur Dupoux, puisse Dieu vous garder en vie ! lança Jeanne, la secrétaire de direction. »

Elle le détailla de son regard inquiet, ses cheveux d'un or éclatant balayant sa nuque. Une veste grise dont l'éclat rehaussait sa carnation de métisse, moulait élégamment son corps élancé.

De toutes ses forces, elle lui donna l'accolade et lui fit un baiser d'adieu.

« Voilà dix milles gourdes, dit-elle, avec précipitation. C'est tout ce que j'ai pu trouver dans la caisse. A présent, pars… »

Et le jeune garçon, une casquette sur la tête, s'éclipsa comme un cochon dinde dans la mer des Caraïbes. Il bouscula une vieille femme, qui le traita de cinglé, mais il n'eut pas le temps de s'excuser, car la mort le suivait de près. Ses jambes, telles celles d'Oussen Bowl, sautaient les barrières et les murets avec tellement de facilité, que certains curieux dans la rue se demandaient s'il n'était pas un sportif s'entraînant pour les jeux olympiques. Peu à peu, le soleil se cachait derrière l'horizon et Dupoux, trempé de sueur, fuyait la ville des fous.

Il était sorti lauréat de sa promotion, à la faculté des Sciences Humaines. Homme exemplaire, mettant ses connaissances au service des autres, Dupoux était originaire de la ville des Gonaïves, plus précisément de Raboto. Il était venu à Port-au-Prince après que son père adoptif, cordonnier de profession, les eût abandonnés, sa mère et lui, pour s'enfuir aux États-Unis sans aucun papier légal. Pour obtenir la résidence, le cordonnier dut se lier à une pimbêche de soixante ans qui voulait encore jouir de l'orgasme avec un homme plus jeune, d'une vingtaine d'années. Ainsi, le beau-père devint l'esclave de la vieille, et oublia Dupoux et sa malheureuse mère.

Dupoux, avec une vision plus claire et plus réaliste des choses, voulait changer la misère de sa famille. Une amie de sa mère, Erlande, l'accueillit à Port-au-Prince. Durant les années passées à la fac, malgré de nombreuses difficultés, il s'était bien débrouillé. Il obtint finalement une bonne mention pour son mémoire de sortie.

Il avait reçu une recommandation pour la radio Astropole grâce à son ami Jafa, journaliste vedette, animateur de l'émission « Action Civique. » Intellectuel chevronné, venant d'une famille aisée du quartier de Bois-Moquette à Pétion-Ville, ancien de l'Université de Versailles de France, Jafa aimait beaucoup les femmes, si bien que ses camarades de Saint-Louis de Gonzague le surnommaient déjà : GIGOLO. Il nourrissait l'ambition de devenir président d'Haïti et en conséquence, faisait de la cause du peuple son cheval de bataille.

Son ambition fut de courte durée car ce jeune garçon, sous l'emprise d'une MST, abandonna son rêve de toujours : devenir le président d'un peuple piétiné par les colons d'outre-mer. Lorsque Jafa se suicida, suite à la maladie et aux multiples déceptions qui en résultèrent, le directeur de la programmation demanda à Dupoux de le remplacer.

Avec Dupoux, Action Civique devint le micro du peuple – tout le monde pouvait s'y exprimer librement et donner une note au régime en place. Il devint la superstar de la bande FM, adulé des auditeurs, mais haï des membres du gouvernement, particulièrement de Mazouba qui jurait d'avoir la peau de tous les opposants du régime et ne cessait de peser son gros orteil, en déclarant hypocritement :

« Nous travaillerons pour le progrès d'Haïti et de la démocratie ! »

Et les mercenaires au Champ-de-Mars de crier :

« Vive Mazouba ! Vive Mazouba ! »

Aujourd'hui, les sirènes de l'opposition et de la dictature réclamaient la tête de Dupoux.

Heureusement, grâce aux nombreux contacts du directeur, il allait bénéficier d'un séjour illimité dans un petit village qui n'était même pas sur la carte. A minuit, il attendit le convoi qui devait le conduire à destination, en traversant Ravine Sèche. Le camion arriva, chargé de sacs de riz et de maïs importés. Installé parmi tous ces produits étrangers, Dupoux sentit son rêve pour l'avancement de sa famille et de son pays s'affaiblir de plus en plus – un mythe, à regarder cette dépendance économique.

« Tiens ce mouchoir, mon ami, car pleurer ne vaut rien, dit Hérold, un jeune commerçant.

– Peut-être a-t-il perdu un proche, ajouta une femme, renflouant les chuchotements. »

Dupoux resta muet, les larmes lui glissant jusqu'au menton. Cet homme qui pensait pouvoir changer le monde se voyait impuissant à améliorer la situation économico-sociale de son pays.

Le convoi fit escale à Ravine Sèche, puis reprit la route pour Zagribay, petit village au milieu d'une forêt qui allait être désormais le « pays » de cet intellectuel tourmenté, défenseur des citoyens et citoyennes d'ici, des averses dictatoriales.

Ce tout petit village vibrait d'espérance ; ses habitants, fiers de leur environnement boisé, modelaient leur histoire au rythme des tam-tams et les arbres dansaient autour du feu sacré du monde invisible.

Certains soirs, les cœurs pleuraient le calvaire des loas, alors que la lune souriait au gémissement des possédés et brillait de mille feux à l'heure des randonnées secrètes. Ces moments-là aidaient à oublier le monde dictatorial et son relent de carnage.

Mais bientôt, ce village, tout comme les autres, n'allait pas résister aux assauts du malfrat, pour devenir village bêtise. Village fugitif. Village taciturne. Village pénombre. Village désespoir. Village anonyme. Village merdique. Village des emblèmes maléfiques… où l'atmosphère contagieuse devait, au fil du temps, grignoter les vers de terre affolés avant d'éliminer tout le reste – hommes, femmes, enfants, environnement…

Il était temps pour Dupoux de changer de mode de vie. Cette petite communauté, cette petite tribu héritière des valeurs traditionnelles de la région, était différente de la cité de Port-au-Prince, différente des Gonaïves de son enfance.

Il lui fallait tout laisser derrière jusqu'à cette recherche de liberté pour vivre sa nouvelle vie aux côtés de la corpulente Tante Zena, prêtresse vodou, femme bizango, qui pouvait tout briser d'un simple regard, jusqu'à la persécution de ses rivales qui ne cessaient de réclamer sa tête. Une femme de principe, réputée dans le village, on lui en voulait d'être appréciée des loas qui, depuis sa naissance, lui avait donné le don d'Erzulie Dantor et celui d'un valeureux guerrier. On racontait même qu'elle avait passé treize jours sous l'océan en compagnie de Maître Agoué.

Le sort de Dupoux se trouvait désormais entre les mains de cette femme qui l'avait hypnotisé pour faire de lui son mari et également son ronssi.

« Zanpoud, réveille-toi, dit Tante Zena. »

Le valeureux journaliste s'appellerait désormais Zanpoud puisque Tante Zena ne pouvant articuler ce nom de petit blanc sorti de la ville, en avait ainsi décidé.

« Oui, Tante Zena !

– Il est l'heure. Prends les tambours.

– On ira seuls, Tante Zena ?

– Non. Les loas sont avec nous. »

Elle, vêtue d'une robe blanche, et Zanpoud d'un chemisier et d'un pantalon tout aussi blancs, tous deux chantaient au rythme du soir. La nuit montait sa jupe et les deux taureaux, sous le regard de minuit, dansaient la magie noire de l'extase des loas ivres… Arrivés au carrefour de la société secrète, l'Absolu de Noirceur, ils s'arrêtèrent. Zanpoud allait être initié par les treize plus grandes sociétés de

Zagribay. Le rituel se déroulait au milieu d'un vèvè tracé avec du feu.

« Gason m', ou gen kran ? demanda un possédé à Zanpoud.

– Wi, Papa, mwen vanyan ! »

Le possédé lui passa une bouteille de piment et l'homme, d'un coup, l'absorba puis traversa sept fois le vèvè, symbolisme de l'initiation. L'homme avait été inscrit dans le livre bizango, le livre des morts sacrés… La nuit tomba et Zanpoud désormais appartenait aux spectres du vodou et devait s'affirmer en tant que tel.

Au bout de cinq ans, Zanpoud avait déjà deux enfants – des jumeaux, Zanga et Fifoune, magnifiques perles rares, avec Tante Zena – et était devenu professeur par excellence du village. Il avait mis sur pied une chaumière au milieu d'un jardin pour l'instruction des analphabètes.

Au fil des années, l'atmosphère de Zagribay s'améliorait. De plus, des signes clairs d'harmonisation apparaissaient au sein des prêtres vodou et des familles, divisés depuis des générations, grâce au plan d'éducation, de formation et de sensibilisation préparé pour les adultes. Zanga et Fifoune baignaient dans une atmosphère de liberté, sans discrimination et

183 // Fais-Moi Peur

sans restriction. Les loas se rencontraient pour vider leur tafia en plein jour sans se rebeller les uns contre les autres. La crainte des autres s'était refroidie dans cette atmosphère d'entente ; les sourires se donnaient la main et les regards s'embrassaient dans la franchise retrouvée des battements conciliateurs des tambours.

« Zanga, Fifoune, venez par ici, fit Dupoux. Vous voyez cette femme là-bas ? Elle est sous l'emprise d'Ogou Feray. Soyez gentille avec elle.

– Oui, Père, et pourquoi donc…? »

Les enfants regardèrent attentivement la femme qui dansait au rythme du tambour en tournant les hanches dans une spirale de volupté.

« Parce que c'est notre dieu protecteur. A tous ceux possédés par ce loa, nous devons respect… »

Mais le temps allait bientôt montrer ses dents pourries. Ce jour-là, un commando de Mazouba bombarda ce petit bout de terre à cause des dénonciations de Sahul. Ce dernier, orphelin, avait grandi dans la haine de Tante Zéna, qu'il rendait responsable de la mort de sa mère, une autre mambo. En fait, celle-ci fut emportée des suites d'une infection pulmonaire mal soignée. Mais sa mort servit de prétexte pour réanimer une vieille querelle entre les deux mambos au sujet d'un tronçon de terre. Ce litige avait été marqué par une série de fausses promesses de Tante Zena à la mère de Sahul. Le jeune homme jura de faire payer à Tante Zéna son impertinence.

Sahul avait été mis au courant des démêlés de Zanpoud avec le gouvernement, car Fifoune racontait à tous ses petits amis comment son père Zanpoud s'était retrouvé au village. Sahul allait se servir de cette histoire pour se faire justice ! Il se rendit au chef-lieu de l'Artibonite pour parler aux soldats du journaliste recherché depuis des années par le président dictateur au pouvoir.

Et les choses détériorèrent.

Un vendredi matin, la marée noire s'empara du village, avec à sa tête un Sahul haineux. Ce jour-là, la peur elle-même avait peur, les ombres des loas et les branches des arbres hurlaient leur peine et transpiraient d'angoisse.

Ils furent tous tués ce jour-là... tous les habitants de Zagribay. Même les petites innocentes Zanga et Fifoune. Jusqu'à Tante Zena, la super Mambo. Les soldats tranchèrent ensuite la tête de Sahul pour trahison. Dans l'incapacité de capturer Zanpoud, le dénonciateur devenait le coupable et n'avait aucun droit à la récompense promise par Mazouba. Les cadavres entassés dans une fosse commune suscitèrent la colère des pluies sauvages. A minuit, après le départ des soldats, Zanpoud descendit du tronc d'un arbre très, très touffu, se plaignant à haute voix :

« Qu'ai-je fait pour mériter tout ça ? »

Agenouillé comme un enfant, en tenue débraillée, il se révolta contre les dieux protecteurs – criant, hurlant. Il les supplia ensuite de le retirer de ce monde, de faire de lui un loa, un esprit, un justicier au service des hommes maltraités et vulnérables.

La bourrasque poussa des cris orageux tandis que Zanpoud continuait d'interpeller les loas du village, les loas de tous les morts. Avec de la boue mélangée au sang de ses frères et sœurs, il traça un vèvè et se mit à danser et à chanter sous un rythme bossal.

Pendant trois heures, il fut chevauché par seize loas démembrés qui évaluèrent sa force, sa capacité de franchir le couloir nocturne des anges déchus. Au bout de quatre heures de rituel, l'assemblée générale d'en-haut donna son verdict final : on lui souhaitait la bienvenue, mais à une condition : qu'il meure de manière sauvage et avilissante pour clôturer le rituel. Qu'il soit pendu sur une place publique comme un vulgaire voleur, sous le regard de très hautes personnalités.

Au petit jour, Zanpoud s'embarqua pour Port-au-Prince et alla se rendre aux autorités de Fort dimanche.

Les loas avaient déjà tracé les dernières heures de Zanpoud. Le lendemain, le dictateur Mazouba, après avoir découvert un complot de trois hauts-gradés contre lui, voulut intimider le peuple. A cette fin, il décida de pendre quelques prisonniers sur la place publique. Zanpoud figurait sur la liste.

« Réveille-toi, prisonnier, ta mère est venue te voir, dit Ti Jean, un caporal de l'armée, à l'un des prochains pendus, le dénommé Zanpoud. »

En pleurs, Elvire, la mère de Dupoux, l'embrassa derrière les cages d'acier calcinées. Elle avait pris le risque de venir voir le prisonnier une dernière fois, même si elle courait le danger d'être elle aussi pendue pour complicité.

« Mon fils, je suis avec toi…

— Mère, tu as été tout pour moi et voilà qu'aujourd'hui je te fais mes adieux.

— Mon fils, je suis fier de toi – un héros et un patriote qui n'a pas eu peur de dire non à la dictature et aux manigances-politiques. Vive la vie ! Vive toi, mon enfant Dupoux. »

Ti Jean et ses soldats la forcèrent à se retirer alors qu'elle chuchotait à son fils qu'elle l'aimerait même après la mort.

Et l'homme fut transporté sur la place d'Italie pour son exécution de sang-froid. Dans la foule, il reconnut ses anciens collègues, ses anciens amis, ses premiers amours. Sous leurs regards, un soldat le fit monter sur le podium d'exécution et lui passa la corde au cou ; mais Zanpoud, déjà immortel, faisait ses prières. Ses compagnons invisibles l'attendaient.

L'heure venue, avec le signe du pouce inversé, celui du dictateur, le tabouret sous ses pieds fut balayé. Dupoux gigota puis expira. Il avait l'air réjoui d'atteindre enfin son trône onirique. Sa nuque tordue par les liens était engourdie de sang comprimé, et ses paupières à demi-fermées exprimaient la sérénité du juste… Alors, son esprit s'envola… en compagnie d'un convoi macabre…

Une femme, le corps déformé par les bastonnades d'un conjoint sadique, apporta une bouteille de rhum qu'elle déposa devant l'autel apprêté depuis une semaine, pour rendre hommage au loa Zanpoud, le justicier.

« Loa Zanpoud, je suis ici pour que justice soit faite. Je ne veux plus avoir peur. Au nom du grand maître, en ton nom, toi, loa-juge, loa qui donne justice… »

Puis la femme se tourna lentement vers le nord, le sud, l'est et l'ouest, en fredonnant son mal, l'objet de ses angoisses. Finalement, à trois reprises, elle jeta du rhum par terre. Puis, sans la moindre peur, elle s'en alla. Car, pour sûr, elle allait trouver justice.

La prise de conscience tout doucement prenait racine… Et qui sait !… Demain… Peut-être…

LA FIN
Luce Isabelle Chéry

Le soleil s'était à peine caché derrière les nuages que la cour devenait déserte. Un grand espace planté de part et d'autre, avec un peu partout, des mauvaises herbes non coupées, des murs peints d'images insolites de femmes à deux têtes ou encore de sirènes à six bras… Une lourde barrière grinça puis se referma.

Ce soir-là, c'était la pleine lune. L'environnement, éclairé à souhait, mettait en évidence un bœuf qui broutait lentement. Un bœuf ?… L'on dirait plutôt un homme qui se transformait au fur et à mesure en animal.

Sur la barrière de « La cour Yva », une pancarte annonçait : « Hommes respectueux. »

Il se passait des choses bizarres dans cette cour. Régulièrement, une douzaine d'hommes se muaient en bœufs… Et ces ruminants, à longueur de journée, regardaient tristement les passants en mâchant de l'herbe, comme s'ils n'avaient rien d'autre à faire…

Sous un manguier était installée une dodine dont les balancements s'entendaient à quelques mètres plus loin. Le temps passait et la nuit arrivait à petits pas. Il planait sur la cour une obscurité finement éclairée par cette grosse lune. Une ombre se dessina, trainant derrière elle un objet comparable à une corde. C'était bien une corde. Au milieu de la cour, l'ombre la fit vibrer et rebondir à trois reprises sur le sol.

« Lambi kònen ». La fête pouvait donc commencer. Le grand Sage, remarquable par sa longue et ample robe, une pipe coincée entre deux doigts, s'installa sur la dodine et bafouilla quelques mots. Une douzaine d'hommes, aux mains attachées, tête baissée, avancèrent en ligne. Des cris de joie perçants jaillirent d'une foule composée uniquement de femmes. Un peu partout sur la cour, scintillaient douze bougies, placées là pour l'occasion.

Par ordre du Grand Sage, à qui on devait obéissance absolue, chacun des hommes alla se placer devant une bougie. Privés de leurs âmes, ils devaient se courber devant la Grande Prêtresse de la fête.

Trépignant de gaîté, douze petites choses, pareilles à des naines, brandissant un couteau, s'avancèrent vers les hommes pour exécuter une chorégraphie assez particulière qui émerveilla l'assistance. Elles sautaient les unes sur les autres, se passaient leur couteau acrobatiquement et poussaient des hurlements. A cette phase de leur prestation, un coup sec secoua l'assistance… le tonnerre éclata…

CRRIC…

Puis, dans une chorégraphie aussi particulière que la première, les petites choses disparurent, laissant derrière elles, un nuage de poussière noire. Un flot de sang jaillît, faisant trembler la foule. Adieu, masculinité ! Les hommes tombèrent à genoux et les bougies s'éteignirent. La foule commença à applaudir, applaudir, applaudir encore plus fort et, après un deuxième coup de tonnerre suivi d'un troisième, il se mit à tomber des cordes. Il n'y avait que des femmes dans l'assistance, jusqu'au grand Sage, qui cachait sa féminité derrière une cape.

A interpréter ce cérémonial, ces hommes étaient des durs, de grands durs qui faisaient souffrir les femmes, de grands durs qui ne respectaient pas les femmes en les voulant toutes à la fois. Le travail de « La cour Yva » était donc de rechercher les coupables dans tout Haïti pour leur faire payer ces mauvais traitements. Cette fête exprimait la vengeance des femmes.

La pluie s'arrêta tard dans la nuit. La cour était pleine de boue. Ayant toujours leurs mains attachées et les têtes baissées, les hommes n'avaient pas bougé d'un pouce.

L'ombre s'imposa encore au milieu de la cour, frappa à nouveau trois fois sa corde sur le sol. La fête avait pris fin car le jour arrivait. Les hommes, toujours en ligne, se dirigèrent vers le fond de la cour.

La route à suivre était remplie de pierres et de chaque côté, des bœufs étendus comme une masse faisaient la sieste. Les hommes continuaient à marcher. Leurs pieds s'enfonçaient dans la boue. Plus ils marchaient, plus ils s'enfonçaient.

A l'horizon, on aperçut une girouette soutenue par un toit immense. On croirait que cette cour se prolongeait à l'infini. Les hommes n'en pouvaient plus. Ils tombaient, pataugeaient dans la boue. Ils en prenaient en pleine figure et même à la bouche, se relevaient, retombaient, continuaient à marcher.

La maison était maintenant en vue, obstruée toutefois par de grands arbres aux branches volumineuses. Les branches pendouillant comme pour stopper tout inconnu qui voudrait s'aventurer en terrain interdit. Un coup de branche – et vous devenez poussière.

La maison était en bois. Sur chacune des marches des escaliers, avaient été étalées plusieurs variétés de fleurs, destinées à accueillir les nouveaux venus. Sur la galerie, une dodine se dandinait toute seule. Plusieurs têtes de différents animaux accrochées au mur, baignaient au milieu d'une matière rougeâtre très gluante. Sur la porte, un message assez traumatisant : « C'est fini ! »

La pièce était sombre. La fine lueur d'une bougie éclairait maladroitement, sur les murs noirs, le glissement d'un liquide visqueux, carminé. De chaque côté de la pièce, des hommes étaient solidement attachés à de longs poteaux en ciment. Le sang coulait le long de leurs jambes ; ce sang si rouge révélait l'acuité de la douleur. Leurs yeux, transpercés d'une lame de verre, paraissaient éteints.

La flamme, de moins en moins perceptible, encadrait l'esquisse de trois chaises posées sur un schéma fort significatif invoquant les esprits d'en bas. Droit devant, une porte marquée d'une croix, s'ouvrit. Et, soudain, toute la pièce s'emplit d'une fumée noire, très noire, une fumée étouffante, une fumée suffocante, une fumée épaisse qui pulvérisa d'un coup les hommes et les poteaux. Leurs os devinrent farine et de gros vers d'une taille énorme vinrent patauger dans cette masse poudreuse, ci devant les corps des condamnés. Enfin, une sorte de chorégraphie diabolique accéléra leur enfoncement dans des caveaux imaginaires.

Un vent bizarre se faufila à l'intérieur ; la flamme de la bougie vrilla mais ne s'éteignît pas. Une fumée blanchâtre envahit la pièce, une fumée d'une extrême douceur, une fumée qui caressait la peau, apportant la sensation d'un bien-être indéfinissable.

Elle ne comprit pas encore ce qui se passait. La fumée empoignait tous les recoins de la pièce. Elle eut subitement mal et cria... de toutes ses forces... mais il était trop tard, la fumée avait fait son travail.

Le souffle du vent devint agressif. La flamme de la bougie tremblota de droite à gauche. Au fil des secondes, elle s'affaiblit petit à petit, puis tout doucement ... s'éteignit.

Chut... Ne pleurez pas ! C'est juste la fin.

LES AUTEURS

Née à Port-au-Prince, **Mélissa Béralus** est une ancienne du Lycée Marie Jeanne, à Port-au-Prince. Âgée 18 ans, elle est animatrice de l'émission « La Route du Succès » sur Radio Vision 2000 à Lalue.

Âgée 16 ans, **Luce Isabelle Chéry** est en classe de Rhéto à l'Institution Sainte Rose de Lima, en Haïti. Elle est née à Port-au-Prince.

Fenley Cius est un ancien du Lycée National de Pétion-Ville (en Haïti). Âgé de 26 ans, il est électro-technicien et étudiant en télécommunications au Centre de formation professionnelle d'Haïti (CFPH)/Canado-Technique. Il a remporté récemment le premier prix dans le cadre d'un concours de poésie pour réhabiliter Delmas 32, organisé par PRODEPUR-Habitat (Projet de développement communautaire participatif en milieu urbain).

Mieux connu sous son nom de scène (Jean D'Amérique)**, D. Jean Berthold Civilus** est artiste (slameur) et animateur d'atelier slam. Né à Côtes-de-Fer et âgé de 19 ans, il est étudiant à la Faculté d'Ethnologie de l'Université d'Etat d'Haïti. Son recueil de poésie, *L'odeur des eaux d'heurts masturbatoires,* vient de paraître en France, chez Edilivre (2013).

Johémie Délinois est étudiante en troisième année à l'Université Notre Dame d'Haïti, à Port-au-Prince, sa ville natale. Elle a 21 ans.

Âgée de 15 ans, **Neyssa Demorcy** est en classe de seconde à l'Institution du Sacré Cœur, à Port-au-Prince. Elle réside à Tabarre.

Né à Port-au-Prince, **Steeve Dolnay** habite le quartier de Pacot, à Port-au-Prince. Il est gestionnaire.

Yvenante François est l'auteur de *La Belle Infidèle et autres nouvelles* (Editions Choucoune). Elle a 16 ans.

Originaire de la ville de Jacmel, en Haïti, **Guerda Gaie** se décrit comme une passionnée des romans policiers et des histoires d'horreur. Âgée de 21 ans, elle est une ancienne du Lycée Marie Jeanne, à Port-au-Prince.

Né à Port-au-Prince, **Edwige** (He' Dwige) **Jocelyn** réside en Guadeloupe. Il est étudiant en L1 Economie-Gestion, Aménagement et développement du territoire, UAG (Université des Antilles et de la Guyane). Il a 22 ans.

Âgée de 26 ans, **Ruth Myrtille Laferrière** est étudiante à la Faculté de Médecine et des Sciences de la Santé de l'Université Notre Dame d'Haïti. Elle est née à Port-au-Prince.

Né à Caen, **Antoine Lefranc** est l'auteur de nouvelles désopilantes sur le thème des voyages ferroviaires (*Chroniques du train-train quotidien*, éditions LEP, 2013), ainsi que d'une histoire de pirates pour enfants (*Le trésor de Sombrecoeur*, Bayard Presse, 2013). Il est Responsable Opérationnel des Services en Gare, en France.

Cressy Esmeralda Louis est une élève de seconde à l'Institution Sainte Rose de Lima, à Port-au-Prince. Elle a 15 ans et habite Pétion-Ville.

Christophe Sémont est né à Désertines, un petit village au nord-est de la France. Il est Manager d'une équipe commerciale au sein d'une agence de marketing direct.